「俺も嬉しい。また春花に触れて、昂ぶる自分を感じられて」

秘裂に海翔の唇が触れる。パクパクと食べるようにに動かしてから、舌で大きく舐め上げた。

「あっ、アンッ……！」

貴方の子どもじゃありません!

〜元カレCEOといきなり夫婦生活!?〜

玉紀 直

Vanilla文庫Miel

貴方の子どもじゃありません！

元カレCEOといきなり夫婦生活⁉

CONTENTS

イラスト／森原八鹿

プロローグ

「かわいいな……」

かつて、彼のこんな声を聞いたことがあっただろうか……。

かわいいという言葉を発したことがないわけではない。小動物や花を見れば「かわいいな」と言っていたし、デートのためにお洒落《しゃれ》をすれば必ず「かわいい！　世界一！」と言ってくれた。

しかし今の彼のトーンは、今まで聞いたどれでもない。

こんなデレデレした「かわいい」は初耳だし、そもそも彼のキャラではない。

夕方のファミリーレストランは、ファミリーより学生が多い。どこの店舗もそうなのかはわからない。この付近に高校や大学があるせいか、半分以上埋まった席の約八十パーセントが学生だ。

そして、そのうちの女性に分類される客たちが、ほぼ一〇〇パーセントこちらに注目しているのがわかる。

「ほら、ほらぁ、すっごいイケメンっ」

「モデル？　俳優とか？」

「かっこいい〜、動画撮っちゃおうか」

「やめなよ。芸能人だったら事務所に訴えられるよ」

周囲の熱い視線と黄色い声を知ってか知らずか、当の京極海翔《きょうごくかいと》は視界にいる〝かわいい〟を見るのに夢中である。

にじむ冷や汗をひたいに感じながら、天宮春花《あまみやはるか》はストローでメロンクリームソーダをすすり上げる。

氷が溶けてだいぶ味が薄い。そのうえ、上にのっていたバニラアイスをさほど食べないままスプーンで掻《か》き混ぜてしまったので、中途半端にクリーミーだ。

早い話が……あまり美味《おい》しくはない。

しかし「美味しくないよ」と文句も言えない。言える雰囲気ではないのだ。

春花はストローを咥《くわ》えたまま、薄まったメロンバニラ風味の液体を飲まなくてはならない原因を作った人物をチラリと横目で見る。

「ぱふぇー」

間違いなく語尾にはハートマークがついている。口調もかわいいが声もかわいい。サツマイモ、栗《くり》、カボチャなど、秋の味覚の代表たち。アイスや甘露煮、クリームに姿を変え

たそれらがふんだんに盛られたパフェが、目の前に置かれている。

ミニパルフェと名前がついていたもののボリュームは充分だ。さらにそれを前にしているのが二歳後半の女の子なのでよけいに大きく見える。

「美味しいかい？　海花《みか》ちゃん」

「うん、おいしー」

海翔の問いに、天宮海花は笑顔で無邪気に返す。これが漫画なら、間違いなく海花の周囲にはお花が飛んでいるだろう。

またそんな海花を見る海翔の目が、愛しさと嬉《うれ》しさでいっぱいになっていてなんとも言えない。

二十五歳の春花より八つ年上の三十三歳。立派な大人の男が、ゆるんで崩れそうな頬を必死に抑えて二歳の女の子を眺めているなんて。どう考えても「おまわりさん、こっちです！」案件で間違いはない。

しかし、そんな事態にはならず周囲からあたたかな目を向けられている理由。それはなんと言っても……。

「いいなぁ、かっこいいパパ」

「うちの親父もあれくらいかっこよければな～」

「娘ちゃんもかわいい～。いいなぁ、仲良しファミリー」

あろうことか、海翔と春花と海花が家族だと思われている。

年齢的にそう見えても不思議ではないが……家族ではないし、海翔と春花だって夫婦ではない。

……かつて、恋人同士ではあった……。

二人は三年半前に別れている。それからずっと会うことはなかった。別れたあと、彼は海外に赴任したのだが、日本に帰ってきていたのも知らなかった。

今日、保育園に海花を迎えに行って二人で住むマンションへ帰ろうとした際、なんの運命の悪戯《いたずら》か海翔に再会した。

話をするために、ファミレスに入ったのだ。

家族に間違われるのはまあいいとして……。

もっと、ややこしいことになっている……。

海花がパフェに夢中になっている隙に、ゆるみかけていた表情を引き締め、海翔が春花に顔を向ける。

「で？　結婚式はいつにしようか、春花。ああ、でも、この子のためにも籍だけでも早めに入れたほうがいいな」

「籍って……、この子は、別に貴方の子どもじゃないし……」

「わかった、わかった。そうやって拗《す》ねたい気持ちはわかる。子どもができていることを知らなかったとはいえ、今まで放っておいてしまった。いろいろとつらいことや大変なことも多かっただろう。なのに……俺はそんなときに春花のそばにいてやれなかった……。拒否したくもなるだろう」

海翔は苦しそうに眉を寄せ、グッと唇を引き結ぶ。悔しげな様子に言葉が出ない。彼は、本気で後悔をしている。

（そんな……。思い悩まれても……困る……）

「そうだな……。まずは春花の信頼を取り戻すことが先決かもしれない。これからは、連絡は毎日するし、仕事で都合がつかない日以外は会いにくる。放っておいたあいだの養育費も、すぐに弁護士に計算させる」

「養育費って……い、いりませんよっ。なに言ってるんですか。再会したばっかりなんですよ……」

「春花こそなにを言っている。金で解決しようとするなと叱《しか》られそうだが、これは大切なことだ。綺麗事で済ませていいことじゃない」

「でも、海翔さんにそんなもの払ってもらう理由なんて……」

「少しでも、父親らしいことがしたいんだ」

「だから……この子は……」

言葉が止まる。開いたまま閉じられなくなった口から、言いたかった言葉が空気になって漏れていった。

――海翔さんの子どもじゃないんだってば！

海花は、春花が産んだ子どもではない。

妹である唯花《ゆいか》の子どもだ。

……と言えたらどんなにいいだろう。

春花はなんて言葉を続けたらいいものかと悩むあまり、海花が色の綺麗さだけで選び、飲まずに散々いじって飽きてしまったメロンクリームソーダに口をつける。

そのとき。海翔が苦しげな顔をしているのが気になったのかもしれない。海花はスプーンにすくったカボチャのアイスを海翔に差し出したのである。

「かなしいの？　アイスあげるから、なかないよ？」

小さな子どもに、こんなにもかわいい行動をされて、なにも感じない人間が果たしているだろうか。

春花は言葉にできない真実を何度も何度も心で叫ぶ。

（貴方の子どもじゃないんだって‼）

この誤解を解くすべはないものか。事情を話せばいいのだろうが、話すわけにはいかないのだ。

頭の中では「どうしよう、どうしよう」という言葉が無意味に回る。もはや、別物となり果てたメロンクリームソーダの味さえ気にする余裕がない。

海翔が海花を自分の子どもだと誤解したのは、別れ際、最後の思い出にと彼に抱かれた事実があるからだ。

彼は、あのときできた子どもだと思っている……。

（どうして、そんな誤解しちゃうかなぁ）

春花の脳裏に、海翔と別れた当時の思い出が駆けめぐった――。

第一章　出会いと別れと大いなる誤解

「俺は、小動物も花も、かわいいと思ったことはない。けれど、君のことは本気でかわいいと感じた。だから、俺の特別な人になってくれ！」

「え？　はい。……特別な……？　えええっ？」

　こんな口説き文句はどうかと思う。一瞬、なにを言われたのかわからないまま返事をしてしまった。

　直後、その言葉の意味に気づいて、春花はメロンクリームソーダのアイスを沈めてしまう失態を犯しつつ勢いよく仰け反る。

　春花はメロンクリームソーダが好きだ。アイスを先に食べて、クリアで綺麗なメロンソーダ色を曇らせないことをこだわりとしている。

　二十一年間生きてきて、初めてされた告白。あまりの衝撃に、食べはじめて五秒しかクリアな色が維持できなかった。これを失態と言わずしてなんと言おう。

　驚くリアクションが大きすぎた。学校帰りによく利用するショッピングセンターのフードコートやファミレスの椅子なら、ひっくり返る勢いでずれ動いただろう。しかしさすがは高級ホテルのラウンジカフェにあるお椅子《いす》様、びくとも動かない。

春花は身体の前に肘を曲げた片腕を出し、驚きをスタンダードに表現する。テーブルを挟んだ正面の席でその様子をジッと見つめたあと、海翔はスマートにウエイターを呼ぶ。

「彼女の飲み物を、新しいものに替えてください」

「かしこまりました」

「いいです、飲みます、このままでいいですっ」

春花は慌ててストローをつまみ、白いマーブル模様が漂うメロンクリームソーダを吸い上げる。濁っただけで替えてもらうなんて、そんなもったいないことができるはずがない。

海翔には、初めて会った日に「メロンソーダを曇らせないようにアイスを先に食べるのがこだわりなんです」と言っている。笑っていたので受け流したのだろうと思っていたが、どうやらしっかりと記憶されていたようだ。

別にアイスが混ざったメロンソーダが嫌いなわけじゃない。混ざったって美味しいものは美味しい。さすがに水っぽくなると味は落ちるのだが……。

(でもやっぱり、アイスとソーダのそれぞれで食べたかったなぁ)

混ざるのが本当にいやなら、バニラアイスとメロンソーダを単品で注文すればいい。

違うのだ。単品で食べるのと、一緒になったものを食べるのとでは味も気分もテンションも違う。そこにこだわりがある。

……そんなことを考えている場合ではない。しかし初告白の衝撃と照れくささで、海翔とまともに向き合えない。

「春花」

「ひゃっ⁉」

春花は顔を上げる。おかしな声が出てしまった。

それも仕方がない。数分前までは「天宮さん」と呼ばれていたのだ。おまけに男性に名前を呼び捨てにされるなど初めてだった。

そんな春花の動揺を気にもかけず、海翔は秀麗すぎるご尊顔を優雅に微笑ませる。

「ＯＫ？」

「あ、あの……」

（なんでそんなに自信たっぷりなんですか！）

もともと犯罪的に顔がいいだけに、こういった自信に満ちあふれた表情をすると男前に磨きがかかる。

軽くサイドを流し、邪魔にならない程度にひたいに落ちる前髪は、彼の鋭い双眸《そうぼう》を見え隠れさせる。初めて会ったのは一ヶ月ほど前だが、そのときから顔がよすぎることに驚いていた。

おまけに貿易企業大手の株式会社京極海運の跡取りで専務。海外ブランドの三つ揃《ぞろ》えをさりげなく着こなす、完璧すぎる二十九歳だ。

本来なら、一緒にいることさえ不思議なくらいなのに……。

海翔とは、春花が通うデザイン専門学校の企業企画で知り合った。京極海運の船舶イベントで、案内役をする社員のユニフォームをデザインするという企画だ。

生徒数人でチームを組み、それぞれデザインをプレゼンする。選ばれたのは春花がリーダーを務めたチームだった。

船舶イベントを仕切っていたのが海翔だ。三日に一度の頻度で打ち合わせをしていたのが、いつの間にか毎日になっていた。

連日呼び出されることに、普通なら「ちょっと面倒だな……」と思うところだが、そんなことはなかった。なぜなら彼が毎日春花を迎えにきたからだ。

天下の京極海運の専務様直々のお迎え。たとえ春花が所属している学生会の活動があろうと行かなくてはならないだろう。

そんなに企画デザインが気に入ってくれたのか。こんなに一生懸命になるくらい。……と不思議に思いつつも、海翔に会えることに胸のときめきを抑えきれずにいたのだ。

知的で大人で紳士で、女性への対応がスマートで、幻覚を見ているのかと目を擦りたくなるほど顔がいい。

こんな男性と会ったのは初めて。春花の心が海翔に囚われるのに時間はかからなかった。

……しかし、本気になったところで成就の可能性はとんでもなく低いことくらい、春花だってわかっている。だから、せめてこの企画のあいだだけ。淡い憧れに留めておこう、そう心に決めていたのに……。

「……どうして、私にそんなことを言うんですか……」

グラスに軽く両手を添えて、春花は下を向く。熱くなっている顔を凝視されるのは恥ずかしい。それに、海翔の住む世界は自分の住む世界とは違いすぎて、からかわれているとしか思えない。

「どうしてって？　好きでもない女性に特別な人になってくれとは言わない」

「でもっ、……わたしは、専門学校の学生だし、京極さんは大きな会社の専務で。それに……京極さんみたいな素敵な人に、わたしじゃ……釣り合わない……」

言ってから春花はさらにうつむいてしまった。容姿に言及するのは惨めだったが、どうしても比べずにはいられない。

ほぼスッピンに近い化粧っ気のない顔、髪だって毎日簡単にポニーテールにするだけ。チュニックとフレアースカートを合わせた服装は、飾りでついた腰紐《こしひも》のリボンでなんとか花は添えられているものの、お洒落かと問われれば「うん」とは言えない。

すれ違えば老若男女が振り返る海翔に、釣り合うとは思えない。

「学生と社会人という立場の違いを気にするのは、無理もないかもしれない。けれど、だからって釣り合わないと決めつけるのは、違うんじゃないかな？」

「ですから、京極さんのように素敵な男性には……」

「それは君の意見。俺は、春花が好きだから春花じゃなくちゃ駄目だ」

言いきられて言葉が出ない。海翔はさらに春花を追い詰める。

「春花は、俺が嫌い？」

これは、ちょっとずるい。

貴方とわたしでは釣り合わないと発言したあとなのに、正直になんて言えるはずがない。

――ずっと気になっていました。……なんて。


「春花」

両手を海翔の大きな両手で包まれ、ドキリとする。顔を上げると視線が絡んで、またも心臓が跳ねた。

「そうやって思い悩んでいる姿を見ても〝かわいい〟と感じてしまうと言ったら怒られるかもしれない。けれど本当なんだ。すでに、君は俺の〝特別〟になっている」

「京極さん……」

「俺も、君の〝特別〟になりたい。けれど、こういうことは無理強いするものじゃない。……待つ。君が俺を特別な人にしてくれるまで。だからチャンスをくれないか。連絡をしたり、こうして会いにきたりすることを許してくれ」

「それは……はい」

「あと、食事に誘うこととか、飲みに誘うこととか、ドライブに誘うこととか、買い物とか、観劇とか、コンサートとか、あっ、映画もいいな」

「それは……すでにデートというものでは……」

春花が苦笑いをすると、海翔はズルい顔でニヤッとする。

「バレた」

大人っぽい人なのに、なんだか悪戯っ子が悪だくみをしているよう。春花は楽しくなって小さく声をあげて笑った。

包まれている手がキュッと握られ、笑い声が止まる。先程の悪戯っ子っぽさはどこへやら。海翔がとても熱っぽい目で春花を見つめている。

「よろしく。春花」

「は……はい……」

押しきられてしまった。けれどもちろんいやではない。

（京極さんが……彼氏、ってこと？）

信じられない思いでいっぱいだった。春花を見つめる海翔の瞳から目が離せない。おだやかで秀麗なのに、力強さと頼もしさを感じさせる瞳。そして、伝わってくる春花への想い。

　恥ずかしくて、でも幸せで。

「よろしくお願いします、京極さん」

　初めてできた特別な人。これから彼と、どんな恋を描いていけるのか。春花の胸は嬉しさにときめくばかりだった。


――これから彼と、どんな恋を描いていけるのか。

　未来への希望をたくさんかかえて、彼にときめいていた日が懐かしい……。

　あれから一年。二人は今、高級ホテルのラウンジカフェにいた。

　静かに流れるクラシック。席は半分ほど埋まっているが、一人で来店している客が多いせいか、話し声が音楽の邪魔をすることもない。

　海翔と春花のあいだにも会話はなかった。向かい合わせに座り、それぞれに考えこんでいる。

　ときどき春花がチラリと海翔に視線をやるのだが、彼がなにを考えているのかわかる気がして、つらい。

　自分のせいだと思うと申し訳なくて、すぐに目をそらしてしまう。

テーブルの上にはコーヒーとメロンクリームソーダが置かれている。運ばれてから手をつけられていないそれらは徐々に本来の姿を失いつつある。

湯気をゆるく立ちのぼらせ芳醇《ほうじゅん》な香りを提供してくれていたコーヒーは冷めた黒い液体に変わり、クリアなグリーンに気泡を漂わせソフトクリームの白とチェリーの赤がかわいらしかったメロンクリームソーダは、溶け落ちていくソフトクリームがグラデーションになって液体を濁らせていた。

（ここのアイス、ソフトクリームに変わったんだ……）

ソフトクリームのほうが濁るのは早い。失われていくメロンソーダの色を眺め、春花は他愛のないことに意識を寄せる。

そうしなくては、ただただ悲しくなりそうだった……。

このカフェで海翔と向かい合うのは二度目。一度目は、彼に告白をされ〝特別な人〟として交際を始めた記念すべき日。

そして今、そのちょうど一年後に、二人は、いや春花は〝特別な人〟をやめる決断を伝えようとしていた。

「春花」

名前を呼ばれ視線を上げる。愁いを帯びた海翔の双眸と視線が絡み、懸命に耐えていた悲しみがスッと心に落ちてきた。

「気持ちは、変わらない？」

「あ……」

そんな顔で改めて聞かれると、海翔がかわいそうに思えて後戻りしそうになる。躊躇《ちゅうちょ》しそうになる自分をグッと抑え、春花はこくりと首を縦に振った。

顔の横でセミロングの髪が揺れる。ふと、告白を受けたあのころはポニーテールでほぼスッピン、服装にもそれほど気を使わないほうだったことを思いだした。

海翔に恋心をいだいて、つきあいはじめて、自分自身かなり変わったと思う。髪型を気にするようになって、化粧の仕方を研究するようになって、体形や服装も気にかけるようになった。

大人で紳士な彼の横に立っても恥ずかしくないように背伸びをしようとした春花に、海翔は「春花は自然にしていればいいんだよ」と言ってくれた。

さりげなくいろいろなことを教えてくれる海翔のそばにいると、いつの間にか髪を下ろすようになっていたしナチュラルメイクも覚えていた。かわいいワンピースも「似合わないから」と敬遠することなく着られるようになった。

彼と一緒にいると、自分に自信が持てて、どんどん前に進んでいくことができた。

自信がついたおかげで、第一志望だった会社のデザイン室にチャレンジし、内定をもらうこともできたのだ。

気も合えば話も合う。一緒にいて苦になったことなど一度もなく、この人とずっといられたらどんなにいいだろうと思った。

それは海翔も同じだったようで、彼は春花をとてもとても大切にしてくれたのだ。それこそ、つきあうと決めたときに春花が学生であることを引け目に感じていた気持ちを汲《く》んで、無理に大人扱いはしないと言ってくれた。

最初はそれがどういう意味かわからなかったが、のちに、キス以上の行為は我慢するという意味だったと知る。

知ったときは照れくさかったが……嬉しかった。

彼の誠実で優しい気持ちが、湧き出す泉のように春花へ注がれてくるのを全身で実感できたから……。

……けれど、二人が想い合っているだけでは上手くいかなくなってしまった。

海翔の両親がこの関係をよく思っていないのだ。

先日会わせてもらった際、春花の学歴、家庭環境、特に母子家庭であることに執拗《しつよう》に言及された。

間接的に、そんな女は海翔にふさわしくないと言われているのがわかる……。

あまりにもこだわるので、海翔が春花を連れて席を外してしまったほどだ。

海翔は知らないことだが、後日、彼の父親が学校まで来て話をしていった。海翔には、彼に見合った、ひいては京極海運の跡取りの妻にふさわしい家柄と学歴のある妻を迎えたい、と……。

「……もう駄目だと思うし、海翔さんも、きっと同じように思っているんでしょう？　やっぱり無理だったんです。わたしが、……海翔さんとおつきあいをするなんて……」

「俺は、春花とつきあっていくことが無理だとは思っていない」

春花は彼を見つめ、ゆっくりと頭を左右に振る。力強い言葉で春花を励まそうとしてくれているのがわかるから、彼の気持ちが嬉しくて、申し訳なくて、……泣きそうだ。

「……わたしは……海翔さんのご両親によく思われていません。無理もないです。あなたが跡取りであることを考えれば、わたしでは……あなたのためにはならない」

「春花が俺のためにならないなんてありえない」

「ありがとうございます。けれど、そう思ってくれているのは海翔さんだけです。もう、突き放してください。……海翔さんに……迷惑かけたくな……」

嗚咽《おえつ》で言葉に詰まり、春花は下を向く。ここで泣いては駄目だ。海翔と決別するのだと決めて、一人でたくさん泣いた。もう充分すぎるほど泣いたのだから。

春花はごまかすように喉を鳴らし、顔を上げて言葉を続ける。

「今回、海翔さんの海外赴任が決まったのだって、わたしから引き離すためだと思います。海翔さん、せっかく詰めていた仕事があるのに……。それを手放して行かなくちゃならなくなった。志半ばで、つらいですよね。きっと、それを決めた海翔さんのお父様だってつらいと思います。そんな決断をさせて、申し訳ないです」

「それでも、別れる必要なんてない。俺は春花を一緒に……」

これ以上言わせてはいけない。海翔が次になにを言うかを瞬時に察した春花は、遮るように言葉を出す。

「わたしも、ずっと夢だった会社で働けることになったし、これでよかったのかもしれません。存分に仕事に打ちこめます」

それを聞いて、海翔の動きが止まる。彼は言葉半ばで開いたままの口を閉じることもできず、目を見開いて春花を見ていた。

いつも自信に満ちあふれている怜悧《れいり》な双眸が失望に染まった気がして、胸が痛い。

わかっている……。

海翔は今、春花を一緒に連れて行きたいと言うつもりだったのだ。そしてそんな決断を春花は喜んでくれる、そう思っていたのだろう。

親がなんと言おうと、春花と結婚して赴任先へ連れて行く。彼のそんな一大決心を、春花は打ち砕いたのである。別れる理由は海外赴任や親のことだけではない、春花のキャリアのためだと伝えることによって。

「話したこと、ありますよね。ずっと夢だったんですよ。ベビー用品で有名な企業の、子ども服部門のデザイン室で働くの。そのために頑張って勉強したんだし……。母も妹も喜んでくれています。最高に嬉しいです」

ちょっと大げさなくらいはしゃいでみせる。念願の企業で働けることを心から喜んでいる。とてもではないがそれを捨てて海外へ行くなんて考えられない。――そんな気持ちだと、伝わるように……。

海翔は黙って、春花を凝視している。無理をしていると悟られぬよう、春花は懸命に微笑みを保った。

ひどいことをしていると思う……。

海翔は、こんなにも懸命に春花についてきてほしいと願っているのに……。

しばらく春花を見つめていた海翔だったが、諦めたようにまぶたをゆるめ大きく息を吐く。気だるげに背もたれに寄りかかり、肩を上下させて、またため息をついた。

わかってくれただろうか。

春花は海外へついていく気はない。海翔と結婚する意志もない。夢だった仕事をするため、別れを決心しているのだ、と。

海翔は身体を起こすとコーヒーカップを手に取る。すでに冷えているそれを一気に飲み干した。

「よしっ、飲みに行くか、春花」

「はぃ？」

「こういう日は飲むに限るだろう。彼女にフラれたなんてカッコ悪くて友だちには言えないから、春花がつきあえ」

つい先程まで神妙な話をしていたとは思えない。彼の口調は明るくて表情は晴れやかだ。これは、ふっきれた、ということだろうか。

「ちょ、ちょっと待ってくださいっ」

今にも立ち上がりそうな海翔を呼び止め、春花は濁ってしまったメロンクリームソーダを手に取る。素早くストローで二回ほど混ぜ、勢いよく吸い上げた。

緊張していたし、動悸《どうき》のせいで体温も上がっていた。そのせいか冷たい液体が喉に心地よくて、気持ちいいくらいスルスルと体内に吸収されていく。

しかしやはり冷たいものを一気に喉へ送ると、恒例の反応が出るのである。

「う～～～～」

飲みきる一歩手前でストローから口を離す。片手で側頭部を押さえて低くうめいた。春花の状態を悟ったのだろう、海翔が軽く笑う。

「冷たいものを一気に飲むからだ」

「だって、海翔さんがさっさと行きそうだったから。早く飲んじゃわないと、と思って」

「残してもよかったのに。アイスが混ざったのは好きじゃないんだろ？」

「喉が渇いてたからいいんです。海翔さんだって、冷めたコーヒーは嫌いだって言ってたくせに」

「嫌いとは言っていない。好まないだけだ」

「同じですっ」

「喉が渇いていたからいい」

どうでもいいような言い合いをしたあと、顔を見合わせて笑い合う。まだなんの憂いもなく交際していたころのような雰囲気に気持ちが楽になり、どちらからともなく立ち上がった。

「行くか」

「はい」

「よし、春花が遠慮して、ずっと一緒に行ってくれなかった店に連れて行ってやる」

「やですよー、居酒屋行きましょう、居酒屋っ」

「やーだ、つきあえ」

「なんですか、横暴ですよっ」

軽口を叩《たた》きながら二人並んで歩きだす。いつもの癖で海翔の腕に腕を絡ませそうになり、春花はハッとして手を引いた。

これはもう、許される行為ではない。

そのことに寂しさを感じる自分に知らんふりをして、彼の横を歩いたのである。

世の中には、相応、不相応、というものがある。

それを考えれば、海翔が連れてきてくれた会員制の高級クラブなどは春花にとって分不相応の極みだ。

交際中、何度かここに「行こうか」と誘われたが、頑なに遠慮をした。ただでさえ彼が食事やお酒を飲みに連れて行ってくれるのはセレブ感たっぷりな店ばかりで、これ以上、彼が住む上流世界を見せられるのが怖かったというのもある。

が、別れると決めた気楽さからか、または別れると決まって開き直ったのか、春花はその行くのが怖かった場所で羽目を外してしまった……。

「ほら、春花」

ソファに並んで座る海翔がチェイサーのグラスを渡してくれる。それをひと口飲んでから、春花は手元にあるロックグラスに水を移した。

「水割りになったな」

海翔がクスクス笑って自分のグラスに口をつける。春花もチェイサーのグラスに残った水をカラにしてから、水割りになったウイスキーに口をつけた。

「いいんですっ。飲んじゃえば同じです」

とは言うものの、行儀が悪いなとは思う。せっかく海翔がオールドボトルのウイスキーを入れてくれたというのに。

自分では一生注文することはないだろうボトルをチラッと見てから、春花はグラスを両手に持ってソファの背もたれに沈む。天井のシャンデリアに目を眇《すが》め、ゆっくりと息を吐いた。

ここに入って、いったい何杯飲んだのだろう。間違いなく限界ラインは越えていると思う。友だちの中には気持ち悪くなったら吐いてスッキリしてからまた飲む、というツワモノもいるが、春花に真似はできないので本当にそろそろやめたほうがいい。

(いっそ悪酔いして海翔さんの膝の上にでも吐いて、もう絶対に会えないってほど気まずくなれば、すっぱり諦められるかな……)

そんなことを考えて、往生際の悪さにおかしくなる。それでもいいかもしれない。入店したときに「二人で話がしたいから」と海翔が伝えたのでホステスはついていないし、席もすりガラスのパーティションでさりげなく目隠しされたコーナーだ。

酔った勢いで醜態をさらして、海翔がこの女と切れてよかったと思ってくれるような別れになれば……。

「春花、飲みすぎた？　それとも考え事？」

「……両方です」

「なに考えていた？」

「……酔ってわけわからなくなって、泣いて暴れて、海翔さんの膝で吐いて、散々醜態さらしたら、呆《あき》れられて未練なく別れられるかな……って」

考えていたことが口から出てしまった。これでは目論んだ意味がない。

せっかくカフェでは、好きな仕事ができるのが嬉しくて別れるのも悲しくない、というスタンスを取ったのに。

（馬鹿だなぁ、わたし……。未練タラタラみたいじゃない……）

こんなことを言うのはお酒のせいだと海翔は思ってくれるだろうか。しかし、好きな人にみっともない姿を印象づけたまま別れたくないという我が儘《まま》な気持ちも顔を出す。

醜態をさらせばふっきれるとか、みっともない姿を印象づけたくないとか、自分の気持ちが定まらない。

情けなくなって、じわっと涙が浮かんだ。

そんな春花の唇に海翔のそれが重なる。すぐに離れたので、本当に一瞬だった。

「俺は、たとえ膝の上で吐かれようと、呆れたりしない」

「海翔さん……」

「むしろ、吐くならこのままキスして吸い出してやる」

「いや……それはさすがに……」

「春花になら膝の上で〝うれしょん〟されてもなんとも思わない。むしろ嬉しい」

「犬ですか、わたしはっ。海翔さん、酔ってます⁉」

いつになく度を越した彼の発言に、にじみかけた涙も引っこんでしまった。

顔色は普通だが、彼もかなり酔っているのだろうか。焦る春花に、海翔はアハハと軽く笑ってソファに座り直す。

(なんか……からかわれたのかな)

それでも、少し気分が軽くなった気がする。春花は身体を起こしてグラスをテーブルに置くと、こてっと海翔の肩に頭をのせて寄りかかった。

「……今まで……ありがとうございました。……一年間、すごく楽しかったです……」

「うん……」

春花がトーンを落とし、海翔もそれに合わせる。湿っぽい雰囲気になってしまう前に、言いたいことがあった。それで、酔っていることを味方につけた。

「お願いがあります」

「なに？」

「酔っぱらいのたわごとと思ってくれてもいいんですけど……」

「うん」

「最後に、大人扱い……してください」

グラスを口へ運ぼうとしていた海翔の手が止まる。彼の視線が落ちてきたのを感じて、すごく恥ずかしい。けれどここでやめるわけにはいかない。

「海翔さんは、わたしが学生だから、大人扱いはしなかった。……嬉しかったです。大切にされているって伝わってきて……。わたし、先日卒業しました。もう学生じゃないし、海翔さんが、遠慮する必要はない……だから……」

お酒の力と、「最後」という後押しの力はすごい。この一年間言えなかった言葉がスルスル出てくる。

嬉しかったけれど、春花はずっと気にしていたのだ。

海翔は春花を抱こうとしない。そういう雰囲気になっても我慢してしまう。

恋人同士なのに、海翔に気を使わせて我慢させて。申し訳ない。

そう思うなら、春花から「抱いてください」と言えばよかったのかもしれないが……。言えるはずがない。

今まで、色恋沙汰には一切無縁だった。初めてできた恋人、それも自分とは住む世界の違う、レベルの高い大人の紳士。そんな人に抱いてほしいなんて言えるわけがない。

……いや、相手が大人で紳士じゃなくたって、恥ずかしくて言えない。

今まで我慢させて申し訳なかったから……という理由なのではなく、春花自身が海翔にだったら自分を委ねてもいいという気持ちを持っている。

むしろ、初めて抱かれるなら海翔がいい……。

これが最後のチャンスだから。

グラスを口につけ、彼がごくりと喉を鳴らす。寄りかかる春花の頭が落ちないように、グラスをテーブルに置いた。

「俺は……そんなことは考えるんじゃない、と思いとどまらせるべきなんだと思う」

断られてしまう予感がした。

「この先、春花に、生涯添い遂げる男ができるかもしれない。その人のために、自分のために、身体を綺麗なまま大事にしたほうがいい。そう、言うべきなんだろうな」

お酒の力を借りた精一杯の決意は無駄に終わりそうだ。春花は膝に置いた両手でスカートをグッと握る。

「でも……、言いたくない」

肩を抱き寄せられ海翔の胸に包まれる。諦めた直後の大逆転に、春花の鼓動は大きく跳ね上がった。

「春花を抱きたい……。最後の最後に……悪い男で、すまない」

「そんなことないです……」

春花は自ら海翔に身体を寄せ、彼のスーツにしがみついた。

よかった。拒絶されなくてよかった。やっと海翔に抱いてもらえる。たとえこれが最初で最後でも後悔はない。

きっと、素敵な思い出にすることができる。

「嬉しいです……。わたしは、ハジメテは海翔さんがいい……」

顎を支えられ、すぐに海翔の唇が重なる。頬が熱くなり、脳をひと混ぜされたような心地よい陶酔感が襲ってきた。

口腔《こうこう》内に広がる濃厚なウイスキーのせいなのか、海翔に酔ったせいなのか判断がつかないまま、二人は店を出たのである。


海翔が取ってくれたホテルの部屋に入り、言われるままシャワーを浴びて……やっと少し現実感が戻ってきた。

（わたし、すごいこと言ったな……）

ハジメテは海翔さんがいい。なんて、なかなか大胆な発言だ。あくまで春花基準ではあるが。

しかし、思いきったおかげで本懐は遂げられそうだ。

一人でバスルームに入るとき、海翔に「出てくるときはタオル一枚でいいから」と言われている。恥ずかしい気もするが、これからすることを考えればそれが正解なのだろう。

ドレッシングルームでタオルのみを素肌に巻き、春花はバスルームを出た。

バスルームからはリビングへもベッドルームへも行ける。左右交互に身体を向けてどちらへ行こうかと迷い、ベッドルームへ足を向ける。

「海翔さん、出ましたよ。どうぞ」

海翔はおそらくリビングでくつろいでいるだろう。春花が出たら、彼がバスルームを使う順番だ。

顔に垂れてくる雫《しずく》を手の甲で拭い、しっかりと髪を乾かしてくればよかったと気づく。しかしこういう状況で呑気《のんき》にドライヤーを使うのもいかがなものか。

「わかった。すぐ入る」

海翔の返事がすぐ近くで聞こえ、違和感を覚えたのとベッドルームに足を踏み入れたのが同時だった。

「ひゃっ……！」

驚きのあまり悲鳴ともつかない声をあげてしまった春花の視界には海翔がいる。てっきりリビングにいると思ったのに。思わず身体を覆うタオルから手を離してしまい、すんでのところで押さえ直した。

「す、すみませんっ、海翔さん、あっちの部屋にいると思って……！」

胸の下で大きく腕をクロスさせてタオルごと身体を抱く。横を向いて彼を見ないようにしたが、海翔にはタオル一枚の姿をバッチリ見られているのではないか。

「俺も、春花はリビングのほうへ行くだろうと思ってこっちにいたんだけど、いきなり刺激的だな」

「すみませんっ、わたし、あっちに行ってますから……」

踵《きびす》を返そうとしたが、近寄ってきたらしい海翔に頭を抱き寄せられ髪にチュッと唇をつけられた。

「ここにいていい。急いで行ってくる。そんな姿見せられたら、のんびりなんてしていられない」

春花を放した海翔がバスルームへ向かう。しばらくその場に立ち尽くしていた春花だが、かすかにシャワーの音が聞こえだすとボンッと顔が熱くなった。

裸だったわけではないのに、異常なほど恥ずかしかった。こんなことで大丈夫だろうか。海翔に素肌に触れられた瞬間、緊張と恥ずかしさで気絶してしまうのではないか。

（しっかりしろ、わたしっ。海翔さんとのこと、いい思い出にするんでしょ）

春花は自身を鼓舞し、ベッドルームのほぼ中央に置かれた大きなベッドに歩み寄る。シワひとつない綺麗な白いシーツを眺めているだけで、全身がムズムズしてくる。

枕も大きく厚みがあり、ふわふわで気持ちがよさそうだ。濡《ぬ》れた髪が申し訳なくて、春花はタオルを身体から外して頭にかぶりガシャガシャと拭いた。

さすがは高級ホテルのタオル。吸水力がとてもよい。

「こんなもんかな……」

髪が軽くなったのを感じてタオルを外す。ふうっと息を吐いたとき、肩越しに腕が回ってきた。

「そんなに乱暴に拭いたら、髪が傷むだろう」

「ひゃぁっ！」

とっさに両手で持ったタオルで胸を押さえ顔を向けると、海翔が春花を覗《のぞ》きこんでいる。目と鼻の先にまで顔が迫っていて焦りが噴き出した。

「か、海翔さんっ、もう出たんですか？　早すぎませんかっ」

「全裸にタオル一枚の春花が待っていると思ったら、悠長にシャワーなんか浴びていられない。秒で済ませた」

「秒って」

「さすがにそれは言いすぎだけど」

春花を背後から抱き、海翔は身体を密着させる。外したタオルを胸の前で持っているので、背中の肌が直接海翔の胸と密着した。

お尻のあたりにパイル地の感触があるので、彼はタオルを腰に巻いているのだろう。それがなければ全裸なのだと考えるとドキドキする。

「こうして、春花にさわれるのが……嬉しい」

海翔のしっとりとした声を聞いていると、乱れた脈が静まってくる。彼がこの状況に感じ入ってくれているのがわかる。春花と触れ合えることを、本当に喜んでくれている。

恥ずかしいとか焦るとか、そんな感情に振りまわされている場合ではない。

これが最後なのだ。海翔にこうして抱きついてもらえるのも、彼の素肌が密着するのも。

これが、最初で最後。

「海翔さん、……タオル、取るから、暗くしてもらってもいいですか」

いくら最後で彼の姿をシッカリ覚えておこうと思っても、照明が煌々《こうこう》と点いているのは遠慮したい。春花から離れて、海翔が照明を落としてくれた。

メインの照明は暗転したものの、ベッドの頭側に吊《つ》り下げられたアンティーク調の三つのペンダントライトが仄《ほの》かなオレンジ色の灯りをともしている。

このくらいならいいかと思えるレベルだ。それになにもかも真っ暗で見えなくなってしまっては惜しい気がする。

春花だって、海翔の顔が見たいし、彼がしてくれることを見ていたい気持ちがある。

「タオルは俺に取らせてくれる？」

戻ってきた海翔が、彼の大きな手でタオルを押さえる春花の両手を包む。見つめ合い、こくんと首を縦に振ってから手の力をゆるめると、タオルが滑り落ちた。

一糸纏《まと》わぬ姿になったことを躊躇する間もなく腕を取られ、ベッドにうながされる。導かれるままに横たわると海翔が軽く覆いかぶさってきた。

「想像していたとおり、綺麗だ」

「ありがとうございます」

自分の身体を綺麗と思ったことはないが、今は素直に受け取ろう。好きな人が綺麗だと言ってくれている。こんなに嬉しいことはない。

唇が重なり、顔の向きを変えながら表面を擦り合わせる。悪戯めいた動きなのに擦られた唇が徐々に痺《しび》れてきた。

「ハァ……ぁ」

口から漏れる吐息に甘ったるさが混じってくると、今度は長く吸いつかれ舌を引き出されて彼の口腔内でくちゃくちゃと舐《ねぶ》られる。

キスに気を取られているうちに、海翔の片手が胸のふくらみを、円を描きながら柔らかく撫《な》ではじめた。

「ん……」

触れているかいないかの距離で動く手は肌の表面をかすり、もどかしさでいっぱいだ。

「ンンッ……ぁ、ぅン……」

呼吸をしようとしているだけなのに、合わせられた唇の隙間から漏れてくるのは妖しげなうめき。海翔におかしく思われてはいないだろうか。

頂に手のひらが触れると、そこから微電流が広がって上半身がうねった。

その反応が気に入ったのかもしれない。海翔は軽く触れた頂を手のひらで回しはじめた。

「は……フゥッ、ぅう……」

うめきももどかしさも大きくなる。胸全体ではなく頂で顔を出した突起だけがくるくると擦りまわされ、くすぐったいのとは違う感覚でいっぱいになった。

もう片方のふくらみも大きな手で包みこまれ、ギュッと握ってから指を動かして揉《も》まれていく。

口腔を貪る海翔の舌の動きが激しくなっていく。もしかしたらさわられている春花だけではなく、さわっている海翔も興奮しているのだろうか。

春花だって手触りのいいものや好きなものをさわると嬉しいし、脈拍だって上がる。海翔も春花にさわってドキドキしてくれているのだ。

そう思うと本当に嬉しくなって、とろんっと意識が蕩《とろ》けてくる。もっとさわってほしい。そんな欲求さえ生まれる。

互いに重なる唇のあわいで吐息を乱し、春花は背を浮かせて上半身をうねらせる。そうすると海翔の手に胸を押しつける形になって心地よい圧迫感が生まれた。

「ハァ……あっ、ンッ」

吐息が甘く変わった瞬間唇が離れる。吸いこまれてしまいそうな瞳で見つめられ、その双眸がなごむのを目にすると、胸の奥がきゅんっと跳ねた。

「春花が素直に感じてくれるから、すごく興奮する」

「ご……ごめんなさ……ぃ」

「どうして？　悪いことじゃない。」

海翔の唇が首筋をたどって胸のふくらみへ到達する。頂で顔を出す突起を、手のひらでやったように舌先でくすぐった。

「あっ、ぁ……や、ァンッ」

手のひらとは違うねっとりと絡みつく感触。触れてくるものが違うだけで、そこから発生する快感の大きさが違う。

海翔がしてくれることをちゃんと記憶に残そうと彼に目を向けるが、赤い舌がチロチロと胸の先端に悪戯しているのを直視できない。

とてもいやらしいものを見せつけられている気分になる……。

ぷくりと膨らんだ突起は春花が見たこともないくらい大きくなっている。そこをチュルッチュルッと吸い上げながら、海翔の片手が腹部を撫で、もったいぶるように下肢に流れてくる。

太腿《ふともも》の表面を撫でながら、じわじわと内側に移動してきた。次はきっと恥ずかしい場所をさわられるのだろう。そんな予感に鼓動が跳ねる。

しかし海翔は予想を裏切り、両脚の中央でささやかに茂みを作る小丘を五指の先で撫でまわす。

「あぁっ……」

自然と出てしまった声に驚きしかない。こんな場所をさわられて官能を刺激されるなんて、考えたことがなかった。

「ハァ……ぁ、んっ」

こまかなあえぎが止まらない。胸の先から伝わるむず痒《がゆ》い刺激もさることながら、小丘を撫でられているだけなのに、なぜかその奥に力が入ってへそのあたりがムズムズする。

そのもどかしさが、甘い刺激になって全身を駆けめぐるのだ。

「ぁ……や、だ、……ああンッ」

腰の奥がどんどん熱くなってくる。そこから濁流があふれ出たのを感じて、とっさに両腿をキュッと締めた。

まるでそれを待っていたかのよう、海翔の指が小丘の裾野にある、かすかなあわいから秘めた場所へと滑りこんでくる。

「あっ……！」

ぐちゅり……と羞恥を煽《あお》る感触に襲われ春花はさらに両腿を擦り合わせるが、すでに秘唇を割り入ってきた彼の指を止めることはできなかった。

閉じた脚のあいだからなんとも言えない刺激が生まれていく。こんなに狭い場所なのに、彼の指は秘唇を縦横無尽に動きまわっている。

その動きを助けているのが、潤沢な愛液だ。さっきからずっとあふれ続けているのがわかる。彼が指を動かすごとにそれは秘唇から漏れ、内腿をしっとりと湿らせている。

「春花は……嬉しいくらい敏感なんだな……。もっと、早く知れたらよかった……」

快感を与えながら吐く言葉は、春花を切なくさせる。海翔が今まで春花を抱かなかったのは彼の誠実さと優しさゆえだ。

春花はそれが嬉しかったし、さらに彼を好きになった。そんな素敵な気持ちを後悔してほしくない。

「海翔さんだから……こんなふうになるんだと思います……」

「春花……」

「それを知れて、わたしは嬉しい」

これが最初で最後でも。ハジメテが海翔でよかったと思える。

彼がしてくれることすべて、しっかりと身体で覚えておきたい。そんな気持ちが生まれると自然と両脚のこわばりがとけていく。いつの間にか両膝のあいだに海翔の脚が差し入れられて、徐々に隙間を広げられた。

海翔の顔が両脚のあいだに落ちる。指とは違う感触が走ったときは腰が引けたが、生あたたかいものが秘部を撫で上げる心地よさに力が抜けていく。

「あっ……ンッ」

ぴちゃぴちゃと液体の中で舌が躍る。そんなに大きい音ではないはずなのに、ベッドルーム中に響いているようだった。

「たくさん出てくる……」

「や……ぁ、あっ、んん……音、たてない……でぇ」

海翔がわざと大きな音をたてているのではないだろうか。この音は彼の意地悪のせいと思おうとするものの、感じて潤っているという自覚がそうさせてはくれなかった。

「無理。春花のココ、べちゃべちゃ」

「あぁっ……！」

さらに大きな音をたてて吸いつかれ、春花は思わず両手で海翔の髪を摑《つか》む。快感を得ていると教えるかのように彼の髪を搔き交ぜ、あまりの刺激に押し戻そうとしてしまう。

「舐《な》められるのはいやだった？」

「そうじゃ……なくて、んっ……ぁあ」

なんて言ったらいいのだろう。恥ずかしいけれど彼がしてくれることだから嬉しい。けれどくすぐったくて、むず痒くて……。

表面を舐められているのに、なぜかお尻からお腹の奥にかけてがムズムズする。なにかが這《は》いまわっているかのよう。

彼の舌が秘裂の上のほうで蠢《うごめ》きだす。そこでひっそりと濡れそぼる小さな突起の周りで舌を回し、そっと舐め上げる。

「あっ……！　ひゃぁ……」

軽く触れられただけなのに、強い刺激が走った。海翔はさらに周囲に舌を這わせ、ときおり強く押しつけてぐにぐにとえぐる。

「あぁ……や、ぁ……あんっ」

突起を直接舐められるより刺激は小さいが、それでも下半身全体にもどかしさが響いてくる。春花は腰をじれったそうに動かし、両脚でシーツを擦った。

自然と両膝が立っていた。お尻の谷間にまで愛液が垂れ落ちる気配がして思わず腰を浮かすと、自分から海翔に秘部を押しつけてしまっていた。

「あっ……、ごめ、なさ……ぃ、ぅンッ！」

慌てて腰を落とそうとしたとき、海翔の両手がお尻に滑りこんで双丘を摑まれ、咥えこむように突起に吸いつかれた。

「やぁっ……！　ぁあっ！」

派手な吸引音とともにバチバチと電気が弾けているかのような刺激が発生する。脚の付け根がどうしようもなく熱くてジッとしていられない。

春花は短い嬌声《きょうせい》を連続してあげながら海翔の髪を摑んで身をくねらせた。お尻を支えながら両手の親指で恥骨の裏をゴリゴリとえぐられ、とんでもなく大きな愉悦が弾け飛ぶ。

「やあああん……！　やっ、ダメェェ――！」

引っ張り上げられるように背中が弧を描き、立てた膝がガクガクっと震えた。海翔が秘部を解放した瞬間、脱力して腰が落ちる。

息が切れて頭がぼやっとする。今の大きな衝撃はなんだったのだろう。

海翔が上半身を起こすと、シッカリ摑んでいた彼の髪からぱたりと両手が落ちる。肌が火照って、腕にあたるシーツが冷たく感じた。

肌に海翔の感触がなくなると、今まで嬲《なぶ》られていた秘部や胸の先端がジンジンと疼《うず》きだす。熱を持ったそれらが、このもどかしさをなんとかしてほしいと焦れはじめる。

「んん……」

自分ではどうしようもできないもどかしさに身をくねらせると、海翔が軽く覆いかぶさってきた。

「どうした？　びっくりしたのか？」

「びっくり……？」

「イクの初めてだったかなと思ったんだけど。違う?」

「いく……?　あっ!」

ぼんやりしていた意識が吹き飛ばされる。下半身になにかが溜《た》まって弾け飛ぶ感覚。アレがうわさに聞く絶頂というものなのだ。

「あ、あれ……はわっ……」

そう思うと急に恥ずかしくなってきた。絶頂の余韻とは別の理由で頬が熱くなる。その頬を海翔の手で撫でられた。

「真っ赤になって。かわいいな」

「す、すみませ……」

「謝るな、春花を初めてイかせたのが俺だなんて、嬉しいだろう」

照れて言葉が出ない。でも、嬉しいのは春花も同じだった。そんなほんわりとした気持ちは、広げられた脚のあいだに熱い塊を感じたことで吹き飛ぶ。

「春花のハジメテが俺なのも……すごく嬉しい」

真剣で、とても甘い眼差しが春花を包む。今度は感動で言葉が出ない。胸の奥が熱くなって、きゅうっと絞られたように痛い。

「わたしもです……」

両腕を彼の脇からそっと背中へ回す。本当は感情のままにギュッと抱きつきたかったの

だが、そうしたら泣いてしまいそう。

本当にこれでお別れなのだという事実が、改めて胸に沁《し》みてくる。

「愛してる、春花」

「海翔さ……」

駄目だ。泣いてしまう。いつもと変わらない海翔の優しさが嬉しくて。

最後の最後までこんなに優しくされたら、別れる決意が揺らいでしまう。

──けれど、それはいけないことだ……。

「……今そんなこと言うの、意地悪ですよ」

頑張って、ちょっと困った顔を作る。そんな春花を見つめる海翔の瞳が愁いを帯び……唇が重なってきた。

脚のあいだからジリッとした痛みが走る。とっさに出そうになった声は海翔に吸い取られた。

海翔が少しずつ腰を進めるごとに感じるのは、痛みというよりは熱さだった。あるいはこれが痛みなのか、火傷をしたときのような感覚に似ている。

「ンッ……は、ぁ……」

重なる唇のあわいをぬって頼りないうめきが漏れる。唇を離したらもっと情けない声をあげてしまいそうで、春花は離れそうになる唇を自分から押しつけた。

海翔に情けないところを見せたくない。見栄っ張りかもしれないが、彼には春花のいいところだけを思い出にしてもらいたかった。

唇を押しつけてくる春花に海翔も応える。より深く唇を咥えこみ、舌を吸っていく。そのあいだにも隘路《あいろ》を拓《ひら》き、深くを目指した。

「んん……ンッ、ぅ……」

海翔のキスはとても情熱的で胸が熱くなる。いつもならばほんわりと夢心地になるところなのに、下半身から攻め入ってくる充溢感《じゅういつかん》に意識のすべてが持っていかれた。

身体の中になにかが詰まってくる感覚。臓腑《ぞうふ》が押し上げられるような不思議な圧迫感。痛みなのか圧迫される苦しさなのかわからなくなってきて、春花はいつの間にか海翔の背中に回した腕に力を込め、しがみついていた。

熱い息を吐きながら海翔の唇がゆっくりと離れていく。ふさがれていた口から低いうめきが絞り出され、唇では彼のキスを名残惜しむ銀糸が線を描いた。

繋《つな》がった唾液が唇の端に落ちる。流れる前に海翔が舐め取り、春花の下唇をいたずらに甘嚙《あまが》みしてニヤリとした。

「全部入った。……苦しいか？」

余裕があったなら「なにが入ったんですか？」とおどけて笑い合うこともできたかもしれない。これが最初で最後ではないのなら、初めて繋がり合えた幸せを、共有したかった。

「大丈夫……です」

けれど、それは考えてはいけない。後ろ髪を引かれるような希望は、持つべきじゃない。

「苦しいっていうか……、海翔さんでいっぱいになっちゃってる感じです」

「いっぱいか……。動いたら、痛い？」

ちょっとだけ考えて、春花は首を左右に振る。痛みがまったくないわけではなかったし、おそらく彼が動けばそれなりに痛いだろう。

けれどそれを口にすれば海翔が躊躇する気がして……。春花は今できる精一杯の笑顔を作る。

「大丈夫……。海翔さんが入ってるってことしか、わからないです……」

海翔が春花の髪に沿って頭を撫でる。薄明かりの中で見えた彼の微笑みが寂しそうで、胸が痛い。春花は上半身を浮かせて海翔にしがみつき、故意にその表情から目をそらした。

海翔がゆっくりと腰を揺らしはじめる。また火傷のような痛みが走って下半身が震えるものの、数回繰り返されるうちにぼやけた感覚に変わっていった。

「あ……ぁ、ハァ……」

そうなってくると気持ちは格段に楽になる。強張っていた両脚からよけいな力が抜け、しがみつく腕はほどよい力で彼の背中を撫でる。

春花のそんな変化は海翔にも伝わったのかもしれない。彼の動きは徐々に大胆になり、熱くて大きな質量を持ったものが膣内《ちつない》を擦り上げるのが感じられるようになってきた。

「ぅンッ、あっ、ぁぁ……」

脚のあいだから響いてくる刺激のリズムで、春花の口から甘い声が漏れる。こんな声が出てしまって恥ずかしいが、止められないのだから仕方がない。

それに我慢しないで任せたほうが、海翔をより感じられる気がした。

「海翔……さっ……ぁ、ぁっ！」

熱塊の動きに合わせて膣壁が引っ張られ押しこめられ、摩擦を繰り返しながらにちゃにちゃと中を穿《うが》たれる。動きは単純なのに、そこから発生する刺激や感情や熱は簡単には言い表せない。

他の行動では得られない、快感と愛しさと身体の火照り。

とんでもないものを経験させられて、これからどうなってしまうのだろうと募る期待感が春花の官能をさらに押し上げる。

「んっ、ぁ……なんだか……ヘンな、感じ……ふぁ、あ、ンッ」

「春花が頑張って俺を受け入れているのがわかる……。感じてくれてる？」

「わからない……けど、海翔さんが、こうしてくれるのが嬉しくて……離れてほしくないって思う……。これが、感じるっていうことなら、わたし、きっと、ぁぁんっ！」

言葉の途中で海翔が腰を強く突きこんでくる。蜜窟が痙攣《けいれん》し、腹部が波打って繋がり合う部分に力が入った。

　速さを増した抜き挿しに合わせて身体が揺さぶられる。手に汗をかいていたのか海翔の肌が汗ばんでいたのか、彼の背中に回していた手が滑り抱きついていられない。

　素早く上半身を起こした海翔がその両手を取り、春花の腹部で押さえて腰を打ちつける。

「ああっ！　あ、やぁぁん……！」

「それが感じてるってことだ。俺もすごく気持ちいい……春花と、離れたくない……」

「海翔さ……ぁぁあん！」

　この状態で律動されると、大きく揺さぶられる。身体は反り上がり、胸の上で丸いふくらみが恥ずかしいくらい上下した。

　春花の両手を片手で押さえ、海翔の目を誘惑するふくらみを揉みしだく。鷲掴《わしづか》みにしたまま赤い突起を指で擦りたてた。

「ぁぁっ……やぁっ、ぅぅンッ！　そこ……」

「わかってる。気持ちいいんだろう。春花は素直で……本当にかわいい……。なのに、どうして俺は……」

　海翔の声につらそうなトーンが混じった。もしや別れを後悔しているのではとハッとするが、急激に激しくなった抽送《ちゅうそう》に見舞われ、春花の意識は官能に囚われる。

「ああアンッ……、かいとさっ……ああっ！」

胸の突起をつまんでいた指が、今度は繋がった部分の上で濡れそぼる秘珠を粘膜ごとつまんで擦り潰す。強烈な電極に繋がれたように腰が大きく浮き、春花は嬌声をあげた。

「やっ、や……あああっ――――！」

「はるかっ……！」

最奥にまで突きこまれる衝撃が、そのまま花火のように弾ける。腰が落ちると、一気にダルさにも似た陶酔感が脳に回った。

「あ……ぁぁ……」

呼吸とともに喉が震え、両脚が痙攣しているのがわかる。足の指を立てて強くシーツに押しつけていた。

春花の手を放した海翔が、ゆっくり覆いかぶさってくる。視線を絡め、春花の頭を両手で撫でて、ひたいに、鼻に、唇に、キスを落とした。

「春花……」

前髪を乱し、興奮が収まらないまま呼吸を荒らげた海翔なんて初めて見る。猛々しくていつも以上に男らしい。それなのに……とても弱々しく感じてしまうのはなぜだろう。

「……ありがとう……ございます。海翔さん……」

大好きな人に抱かれた。その幸せな気持ちのまま、春花は言葉を出す。

「海翔さんを……好きになれてよかった……。ありがとうございます……」

ペンダントライトから広がる仄かな灯りに包まれ、二人は身体を繋げたまま見つめ合い、最後の瞬間を惜しむ。

愁いを帯びた海翔の瞳が潤んでいるように見えたのは……、きっと、春花の瞳が潤んでいたから。

最高の恋をさせてもらった。

春花は、自分の心にそう言い聞かせた。


「えええっ！　お姉ちゃん、京極さんと別れちゃったの⁉」

叫んだ直後、春花の妹、唯花は自分の口を片手で押さえた。

「ご、ごめん、お姉ちゃん……」

その後、おずおずと身を乗り出し、叫んだ勢いで口から飛び出してしまったミルクレープの欠片《かけら》を春花の前髪からつまみ取っていく。

二歳年下の妹は現在二十歳。高校卒業後に就職し、全国展開のカフェチェーン店でホールスタッフとして働いている。背格好はそれほど春花と変わらないのだが、唯花は色白でベビーフェイスゆえ、高校生と言っても通用しそうだ。

真面目に仕事をするし家族思いのいい子だが、春花より言動の自由度が高い性格。明るいブラウンにカラーリングされたミディアムパーマの髪や、耳朶《じだ》に二つ並んでいるピアスなどがそれを物語っている。

口の中に食べ物が入っているときは喋《しゃべ》っちゃ駄目だよと、幼いころから言い聞かせてきたはずなのだが、その努力は……あまり報われていない。

とはいえ、こんな話を姉妹仲良くケーキを食べているときにすれば唯花が驚くのも無理はない。

今回はお知らせのタイミングを間違ってしまった春花のせいである。

「いいよ、いいよ。せっかく来てくれたのに、こんな話題でごめんね」

「そんなことないよー。てっきり続いてると思ってたからびっくりしたけど。でも、お姉ちゃんがケロッとしてるのにはもっとビックリ」

「……一ヶ月も前の話だからね」

一ヶ月。海翔と別れて、一ヶ月経ったのだ……。春花は改めて、その現実を噛みしめる。

彼に抱かれて、サヨナラして、悲しくてつらくて堪らなかった。

けれど泣いていても前に進めない。春花は大好きな人と別れた悲しさを受け入れつつも、これからのために行動した。

実家から出て会社に近いアパートで一人暮らしをはじめ、入社前研修から入社式、そして今は念願だったデザイン室での仕事を覚えることに集中している。

気がつけば一ヶ月。あっという間だった。

思いだせば切ないけれど、日々が充実しているせいか鬱々とすることはない。

春花にとっての最高の恋は、間違いなく最高の思い出になってくれる。

日曜日の今日、唯花がケーキを持って会いにきてくれた。慣れない仕事に打ちこむあまり入社してから実家に顔を出せなかったせいか、母が「新入社員を山の中に連れて行って洗脳する会社とかもあるらしいけど、春花は大丈夫なの？」と、心配をしたらしい……。

そこで、日曜日に休みの順番が回ってきた唯花が様子を見にきたのだ。

海翔と別れたことを唯花にまだ話していなかった。母や唯花を心配させてはいけないという一心で二人の前では泣かないようにしたし、普通でいることを心がけていたから話すきっかけを失っていたのかもしれない。

「それにしても、もったいないなぁ。京極さんって、大きな会社の跡取りでしょう？　結婚したら玉の輿《こし》っていうやつだったのに」

「結婚って……話が大きくなりすぎでしょう」

「なんで？　好きな人とは結婚したいって思うよね？　そこまで好きじゃなかった？」

「好きだったけどさ、好きだからって必ず結婚を考える人ばっかりじゃないよ」

「そうかなぁ」

あまり納得がいっていない唯花を軽くいなし、春花は手元のアップルパイにフォークを入れる。――海翔は、春花を海外赴任へ連れて行こうとした。彼が結婚を意識していたのは明らかだ。

……もしもあのまま、ついて行っていたら……。

久しぶりに海翔の存在を意識したせいか、いまさらな思考が頭をめぐる。ゴロゴロとリンゴが入ったフィリングを多めに頬張り、未練がましい考えを一緒に飲みこんだ。

「あー、そうだ、お姉ちゃんのビックリ話のついでにさぁ……」

再びミルクレープに挑みながら唯花が口を開く。口の中のものを食べてから喋んなさいと言いたいところだが、春花もちょうどパイ生地を口に入れたばかり。仕方がないのでそのまま耳を傾ける。

「あたし、妊娠したみたいでさぁ」

「はあぁぁっ⁉」

食卓代わりにもなる楕円形《だえんけい》のローテーブルに両手をつき、驚愕《きょうがく》の報告に春花は腰を浮かせて叫び声をあげる。

叫んだタイミングが悪い。なんたることか、口腔内のパイ生地を唯花の頭に飛ばしてしまった……。

唯花に注意ができなくなってしまった。慌てて咀嚼《そしゃく》しつつ渋い顔で髪に散ったパイ生地を手で払っていると、当の唯花は楽しそうにアハハと笑う。

「びっくりした？　そうだよねぇ、びっくりするよねぇ」

「あ……当たり前でしょうっ。なに？　彼氏は知ってるの？」

「今つきあってる人はいないよ」

「は？」

「先月まで店に来てた常連さんと飲みに行ったとき……だと思うんだよね。うん、最近シた男ってその人だけだし、多分そう」

軽く答え、唯花はミルクレープを食べ進める。世間話をするかのようなアッサリとした口調を聞いていると、春花の焦りもスンッと冷めていく。

すとんと腰を落とし、春花もアップルパイを食べ進める。しばらく二人とも無言で食べていたが……。

「……って、落ち着いて食べてる場合じゃないでしょう！　相手の人に連絡はしたの？　話はした？　お母さんは知ってる⁉」

妹の一大事。黙っているわけにはいかない。改めて腰を浮かし、春花は身を乗り出して追及する。

そんな姉の焦りを意に介さず、唯花はテーブルに置いてあるストレートティーの一・五リットルペットボトルを手に取り、自分のグラスに注いでから半分まで減っていた春花のグラスにも注ぎ足す。

「そんなに興奮しないで。はい、お姉ちゃんの」

　笑顔で渡され受け取るものの、唯花は質問に答える気配もなくストレートティーを一気飲みして「はぁっ、これだなっ」とお風呂上がりの一杯さながらの息を吐く。

　そろそろ姉のお小言が出そうだと悟ったか、グラスを置いて質問に答えた。

「相手は妊娠したこと知らないよ。連絡が取れないから」

「連絡が取れないって……それ……」

　サアッと血の気が引いた。騙《だま》された、もてあそばれた、やり逃げ……いやな言葉が次々と脳裏に浮かぶ。

「簡単に連絡が取れないっていうか、そういう仕事をしてる人なんだよね。ある日突然予告もなく任務に就いちゃうみたいな。いつからいつまでどこで仕事をする、みたいなこと、家族にも言っちゃいけないの」

「……はぃ？」

　春花は眉を寄せて不審感を顔いっぱいに浮かべる。

　どこぞの国のスパイじゃあるまいしと笑い飛ばしてしまいたいが、唯花を見る限り冗談を言っている様子でもない。

「だから、今度はいつ会えるかわからないし、もしかしたら会えないかもしれない」

「……本気で、言ってる？」

「うん。あっ、お母さんには話したよ。『おばあちゃんになるのかぁ』って、しみじみしてたなあ」

無言で腰を落ち着け、春花は手に持ったグラスに口をつける。落ち着け落ち着けと心の中で繰り返しながらストレートティーをあおり飲み、深く長い息を吐いた。

ひと呼吸置き、重い声を発する。

「……で、どうするつもりなの?」

「産むよ」

決死の覚悟で聞いたのだが、唯花の返事はあまりにも早い。そして……軽い。

「なんとかなると思うんだよね。お母さんだってさ、シングルマザーであたしたちを育てたんだし」

身近な例を出されると言葉が出ない。物心ついたときには父親の存在はなく、春花の家族は母と妹だけだった。

どうして父親がいないのかとか、他界したとか、離婚したとか、父親がいなくてかわいそうとか、他人には興味を持たれ勝手に推測され同情され、ときに欠陥品のように扱われたり蔑まれたりもした。

——そのせいで……見下されて……一ヶ月前、大切な気持ちを諦めなくてはならなくなったが、それは仕方のないことだった。

だけど、世間がどういう目で見ようと、春花は母と唯花がいる三人家族の中で幸せだった。

父親がいない自分をかわいそうだと思ったことはないし、見下される謂《いわ》れもない。唯花だって同じように思って成長しただろう。そう考えると、なんとかなる、シングルマザーでも子どもを幸せにできると考えるのも無理はない。

いや、まだシングルマザーになるとは決まっていない。

相手の男性がこのことを知れば……。

「どうにか相手の人に連絡できないの？　本人が無理なら、ご家族とか、お友だちとか」

「向こうの家族を知ってるわけじゃないし。同僚の人とお店に来たこともあるけど、その人の名前も知らないし。無理」

「そんな簡単に……」

返事が軽すぎる。まるで最初から相手に教えるつもりも話し合うつもりもないように見える。

唯花は、一人で産み育てることを決めているかのようだ。

焦っているのは話を聞いた春花だけ。当の本人が呑気にミルクレープを食べるのを見ていると、だんだん焦りが苛立ちに変わってきた。

妊娠したなんて、ただでさえ大ごとなのに。いくらシングルマザーになる選択肢があることを母から学んでいるにしたって、そんなに簡単に決めていいことではないはずだ。

母だって、決して娘二人を楽に育ててきたわけではない。精神的にも体力的にも大変だったことを、春花も唯花も知っている。

それなのに、こんなにアッサリと決めてしまうなんて。無責任ではないだろうか。

「唯花、ちゃんと先のことも……」

「お姉ちゃんなら、どうしてた？」

ここは姉として真剣に話をすべきと声を張るが、唯花が遮った。

「別れたあと……京極さんの赤ちゃんがお腹にいるってわかったら……お姉ちゃんならどうしてた？」

とんでもない質問だが、春花は息を詰めた。

「大好きだった人の赤ちゃん、お腹にいるんだよ？　どうする？　もう会えないかもしれない人だけど、でも、大好きだった人……。連絡なんてできない。でも、最後に、大好きな人が自分の身体に残してくれたもの……。それを、消そうなんて考えられる？」

興奮しているのか、それとも春花に口を挟む隙を与えまいとしているのか、唯花は早口でまくしたてる。「あたしは……」と急に声を詰まらせ、下を向いてフォークを持ったままの手の甲で目を押さえた。

「……そんなこと……考えられないよ……」

声が震えている。泣くのを懸命にこらえているのがわかった。

苛立ちに任せて忘れていた。唯花は、つらいことや悲しいことがあっても、母や春花に心配をかけないよう、笑ってなんでもないことのように振る舞い強がる性格だ。

ちょうど、春花が海翔と別れたときに必死に平静を装っていたように……。

思いやりがあって優しい妹だと、姉としてわかっていたはずなのに。突拍子もない報告に動揺してしまった。

――京極さんの赤ちゃんがお腹にいるってわかったら……お姉ちゃんならどうしてた？

そんなこと考えたことはない。だいいち、海翔と肌を重ねたのは別れを決めた日の一度だけ。

無意識のうちに片手で下腹部を押さえていた。幸いなことに、春花の場合はあのあと月のものの訪れがあったから妊娠の可能性はない。

けれどもし、あの一度でそんなことになっていたら……。

（海翔さんの……）

考えていると、なぜかお腹の奥のほうにキュッと絞られるような刺激が走って、苦しくなる。

海翔の子どもができていたら、春花はどうしただろう。

別れた恋人。もう連絡を取ることもできない。もうこんなに好きになれる人は現れないと言えるほど大好きだった人。

拭いきれない涙を手の甲で押さえようとする唯花を、春花はまぶたをゆるめて見つめる。

唯花は、その恋をとても大切にしていたのだろう。海翔を例に出して春花を問い詰めてしまうくらい。

自分がいだいていた想いを否定されたくなくて必死なのだ。体内に宿ったものは、その想いの結晶。大事にしたいに決まっている。

春花はボックスティッシュを手に唯花の隣へ移動すると、三枚ほど引き出して彼女の目元に押しつける。

「ほら、これで押さえなよ。マスカラ溶けるよ」

「ん……ちょっとやそっとじゃ落ちないやつだから大丈夫……。ありがと」

ティッシュを受け取った唯花は、涙を拭う代わりにちーんっと洟《はな》をかむ。足りなかったのか春花が持つボックスから無造作に引き出して、再び鼻にあてた。

その様子をジッと見ている春花と顔を見合わせ、にへっと照れ笑いをする。幼いころに、転んで泣きそうになったところを見られて笑ってごまかす妹を思いだしてしまい、胸が痛くなった。

唯花の頭に手を置き、ゆっくりと髪の流れに沿って撫でる。

「それじゃ、頑張ろうか。唯花が決心したんだもんね」

「……お姉ちゃん」

「きっとお母さんも同じ気持ちだろうけど、唯花が大変なときはどんどんお節介するからね。頼りなさいよ？　笑ってごまかしたら怒るからね」

じっと春花を見ていた唯花の瞳が再び潤む。素早くティッシュを取り、今度は目にあてて涙を吸わせると妹の顔で満面の笑みを作った。

「ありがとう。お姉ちゃん大好き」

頼るモードになったときの妹は最高にかわいい。

春花は唯花の頭をわしゃわしゃと撫で、きゅううっと抱きしめた。


その年の十二月。唯花は女の子を出産した。

おりしも春花二十三歳の誕生日……の数日後である。

赤ん坊は〝海花〟と名づけられた。妊娠中に女の子だと主治医から教えてもらった唯花が、この名前にしたいと決めたのだ。

決めるのが早かったし、思い入れがあるのだろうかと思ったが、あえて聞かない。聞いたら唯花が困るような気がしたから。

産後の唯花を休ませるため、実家に通い母とともに海花のお世話をした。

唯花が仕事に復帰するとき、母のつてで個人認可の保育園にお世話になることができたので、三人の仕事が重なって海花の世話ができないときは預けることに決めた。

実家へ行ったりアパートへ帰ったり慌ただしい生活ではあれど、首が据わった、寝返りをした、お座りができた、ハイハイした、と海花の成長に唯花や母と一喜一憂するのが楽しい。

親馬鹿ならぬ伯母馬鹿を自覚し、一年半。

――またもや、唯花から衝撃の告白がもたらされた……。

「スカウトされちゃった」

「半分くれるのー？　ありがとー海花ぁ、嬉しいよ～。……え？　なんて言った？」

お気に入りのベビーせんべいを小さな手で半分に割り、片方差し出す海花にデレデレしていた春花だったが、唯花が何気なく発した言葉に真顔になった。

「だからね、スカウトされたの」

「……誰に？　どこで？」

「店の常連さん。仕事が終わって店から出たところで声をかけられた」

言葉を失っていると、海花がベビーせんべいを咥えながら、せっかくあげたのに食べないのと言いたげな顔をして春花を見ている。半分こだが明らかに小さいほうの片割れを口に入れてにこっとすると、海花も満足そうに笑って自分のぶんを口の中に押しこんだ。

今日は在宅で仕事をする日だったので半日海花を預かっていた。早番だった唯花が仕事を終えて迎えにきたとき、お昼寝中だった海花が目を覚ましたのである。

海花の水分補給をしながら姉妹で他愛のない話をしていたはずなのだが、唯花が何気なく出した話題は全然他愛なくない。

「す……スカウトって、なんの？　新しいお仕事とか？」

「まあ、新しいお仕事ではあるかな。芸能事務所の人でね」

「芸能……事務所？」

「モデルのお仕事しませんか、って。面白そうだし、やってみようかなって」

「モデル……」

話を聞けば聞くほど春花の眉間にシワが寄る。胡散臭《うさんくさ》さしか感じられず、口角がピクピクしだした。

当の唯花は呑気なものである。ベビーせんべいのお代わりをねだる海花に、デレデレしながら新しいパックを開けていた。

……デレデレするのは春花も同じなので、人のことは言えない……。

唯花に妊娠を報告されたときのことを思いだしてしまった。あのときも唯花は、爆弾発言をサラッと言ってのけたのだ。

平気な顔をしていたのは不安やつらさを春花に見せないためだった。それを考えれば、今回だって軽く言ってはいるが充分に悩んだ末の結論なのではないだろうか。

「あの、さ……、モデル、って……なんの？　芸能事務所って言っても、いろんなジャンルがあるし、お仕事の内容も違うでしょ？　モデルだって、いろんなモデルがあるんだし……。服は……着るよね？」

「お姉ちゃん、ヘンなスカウトだと思ってない？」

しどろもどろになってしまったせいか、はたまた険しい顔をしていたせいか、疑っていると悟ったらしい。唯花は苦笑いをして海花を膝にのせた。

「いやらしい仕事をさせる事務所じゃないよ。雑誌とかカタログのモデルとか、アイドルやってる人たちなんかも所属してる。小さい事務所でアットホームな雰囲気だった」

事務所へはすでに行ってみたらしい。そこで話を聞き、自分なりに考えたのだろう。

「ずっとやれるような仕事ではないし、それだけで食べていけるとも思えないからカフェの仕事は辞めないよ。でもさ、今しかできない仕事なら、副業的にやるのもいいかなって。少しでも稼げたほうがいいし」

「それはそうだけど、唯花自身はどうなの？　やりたいの？」

唯花は一瞬黙り、膝にのる海花の頭を撫でる。

「……海花をシッカリ育てていくために、お金は必要でしょう。できることは全部してあげたいんだ。……片親で不幸だなんて思ってほしくない。あたしは、お母さんやお姉ちゃんのおかげでそんなことは思ったことないから。海花にも、そうやって育ってほしい」

返す言葉がない。母親になって、唯花はずいぶんとシッカリ者になった気がする。

唯花には、海花を育てる責任がある。将来を見据え、ちゃんと考えているのだ。

またもやベビーせんべいを欲しがる海花に、唯花は「それよりこっちがおススメでーす」と営業用のかわいい声を出してストローマグを持たせる。上手に水分補給をさせる様子に微笑ましい気持ちになりつつ、春花は諦めの息を吐いた。

「忙しくなるね。でもまあ、わたしも在宅でできる仕事も多いし、基本はフレックス制だし、今までどおり、なんとかなるって」

「お姉ちゃん……」

「唯花はかわいいからなぁ。そのスカウトの人、見る目あるっ。そこまで考えてるなら頑張りなよ。不安じゃないって言ったら嘘《うそ》になるけど、唯花がやるなら、応援するから」

「ありがとう～、お姉ちゃん大す……！」

唯花としては、定番の「お姉ちゃん、大好き！」と叫びながら抱きついてくるつもりだったのかもしれない。しかし腰を浮かせかけたところで膝に海花がのっていることに気づき動きを止めた。

その代わり、唯花は両手で海花を持ち上げ春花の腕に押しつける。

「大好きー！」

これにのらない手はない。春花は海花ごと唯花を抱きしめる。

「わたしも、大好きーっ」

姉妹でアハハと笑っていると、楽しげな雰囲気に呑《の》まれて海花もきゃっきゃとはしゃぎだした。

それからしばらくして、唯花のモデル初仕事となったスチルを見せてもらった。

アクセサリーブランドの新作へアーアクセサリーをつけての撮影で、黒髪のウィッグを使用しているせいか唯花に見えない。

しかしその優等生美少女風の雰囲気はずいぶんとクライアントの受けがよかったらしく、初仕事は大成功だったようだ。

これならモデルの仕事も上手くやれそうだとホッとしていたのだが……。

なんと、メンバーが一人抜ける女の子五人組のアイドルユニットに入ることが決まってしまった。

ライブハウスでの活動を主としているらしく、地下アイドルと呼ばれる部類。なかなか人気があるユニットらしい。

ただひとつ問題なのは、シングルマザーであることを隠しておかなければならないこと。これはやはりイメージが大事だからだろう。

もうひとつ。事務所が契約している単身者用マンションに入らなくてはならないので、海花と暮らせなくなる。

この点は一番の悩みどころだが、最初に唯花が言っていたようにいつまでやれるかわからない仕事だ。本人も、若いうちだけ、やれて五年くらいではないかと言う。

マネージャーは唯花をスカウトした人物なのだが、辞めたくなったらいつでも抜けていいと言われているらしい。子どもがいることも知っていて、いろいろと気遣ってくれる。

家族で話し合った結果、やれるならやってみようということになった。海花は基本的に春花と暮らし、母が見てくれるときや唯花が休みのときは実家ですごす。

かわいい姪《めい》っ子と暮らすにあたり、春花は保育園や会社に、できるだけ近い場所に引っ越しをした。

海花が騒いでもご近所の迷惑にならぬよう防音性が高く、女性の一人暮らしとしても過度かと思われるほど防犯環境やセキュリティにもこだわった。……結果、一人で住むなら絶対に許容範囲外という物件になってしまったが、これもかわいいかわいい姪っ子と暮らすため。

……ムチャクチャ働こう……と、心に誓う春花なのである。

唯花が海花のために、今できることを頑張ると決心する気持ちがわかる。

守るべきものがあるという現実は、人を強くするのだろう。

そうして、一年が経ったのである――――。

「また明日ね、海花ちゃん」

「ばぃばーい、めーせんせぇ」

笑顔の保育士がかがんで手を振ると、海花も笑顔で手を振り返す。逆の手を繋いだ春花も軽く会釈をした。

「また明日、よろしくお願いします」

「はい、お待ちしています。海花ちゃんママもお仕事お疲れ様です」

清々しくかわいい笑顔。海花が懐く〝めーせんせぃ〟こと芽衣《めい》先生は、今年の春に学校を出て保育士として働きはじめた、実に初々しく気力に満ちあふれた女性である。

くせ毛の髪を頭のうしろで一本にまとめ、化粧っ気が感じられない顔。それでもかわいらしい雰囲気のある女性なので、髪を整えてメイクをしたら化けるのではないかと常々思っている。

春花がママではないことは保育園にも言ってあるし、芽衣先生も知っているはずなのだが、送り迎えで顔を合わせると「海花ちゃんママ」と呼ばれてしまう。

それでも「海花ちゃんの伯母様」と呼ばれて、他園児の保護者に「母親は？」とよけいな探りを入れられるよりはいい。

副都心の駅から歩いて五分、個人経営の保育園は働く母親や父親のお迎えにも便利な場所にあり常に園児は定員いっぱい状態である。

セーラーカラーの園服は爽やかな水色が特徴的で、胸当てやスカートが黒のチェックでお洒落だ。おそらく制服も人気要因のひとつだろう。

九月の一ヶ月間は衣替えの調整期間で、今の時期は半袖のブラウスでも長袖の上着でもどちらでもいい。海花は朝の登園時から終了までは半袖の白ブラウスだが、帰るときは上着を着る。

保育園の園長と母が学生時代の同級生で、ちょうど欠員が出るところに入れてもらえたので運がよかった。おかげでゼロ歳児のころからお世話になれている。

マンションまで歩いて十分。小さな手を繋ぎ海花のペースに合わせて歩く。うしろから車道をゆっくり走ってきた車が後部座席の窓を開け、そこから顔を出した小さな男の子が海花に手を振った。

「海花ちゃーん」

「ばぃばーい」

海花も笑顔で手を振り返す。満足そうに男の子が顔を引っこめると車は少しずつスピードを上げて去っていった。

「海花のお友だち？」

「うえのくみのおにいちゃん」

「そっかぁ、おにいちゃんかぁ。一緒に遊んだりするの？」

「いっつもあそんでくれる」

「そうなんだ～、いいお兄ちゃんだね」

　年上の男の子に気に入られているらしい気配を察知し、ちょっとくすぐったい気持ちにはなるものの「ウチの娘はまだ恋なんてしませんからねっ」と過保護根性が叫ぶ。

おまけに「海花はかわいいから、仕方がないけどねっ」と伯母馬鹿まで大爆発である。

「はるママ、おなかすいた～」

「そうだね、はるママもお腹すいたなぁ」

　海花は春花を「はるママ」と呼ぶ。唯花は「ゆいママ」で、なぜか母のことを、おばあちゃんではなく「ママ」と呼んでいる。

　海花は三人で育てているようなものなのでいいとは思うが、母までママ呼びなのは唯花としては少々複雑なようだ。それでも、孫にママ呼びをされる母は「若返った気分」とご機嫌なのでよしとしよう。

「いいこと考えた～」

　立ち止まって海花を抱っこすると、こつんとおでこをつける。

「ファミレスでご飯食べていっちゃおうか?」

覗きこんだ大きな目がくりんっと丸くなり、キラキラしだす。海花は両手をバンザイしてはしゃいだ。

「わーい、ぱふぇ食べるー」

「パフェはご飯じゃありませーん」

「ぱふぇ〜」

アハハと笑って歩きだそうとすると、車道の車がゆっくりと二人を追い越していく。また海花のお友だちだろうかと顔を向けると、その車は路肩に寄ってハザードをつけて停まった。

歩を進められないでいると、運転席から男性が降りてくる。フロントを回り、歩道に移って春花と向き合った。

春花は、目を見開き言葉が出ない。

「春花……」

彼が、口を開く。昔のままの声だ。低くて深い、春花が大好きな声。——海翔の、声。

スーツ映えするスマートな体軀《たいく》、漂う品のよさと逆らいがたい高潔な雰囲気。別れてから三年半余り、そのころよりも雄々しさが増している。

彼は海外へ行ったはず。なぜここにいるのだろう。

「はるママ、おともだち？」

二人が見つめ合ったままなので、海花が不思議そうな声を出す。

が……今、その呼ばれかたは都合が悪い気がした……。

「ママ……？　やっぱりその子は……あのときの子どもなのか……」

（マズイ！！！！）

春花の中で黄色信号が盛大に点滅する。

これはマズイ状況ではないか。

なぜ彼がここにいるのかはわからないが、彼は海花を春花の子どもで、おまけに父親は自分だと思っている……ようだ。

海翔は腰をかがめて、海花に話しかけた。

「こんにちは。お名前は、言えるかな？」

「はい、あまみゃみかですっ」

呂律が少々回らなかったものの、はきはきと答える。面映ゆい表情を見せた海翔が、海花のリュックに下がるネームタグに気づいた。

それをひっくり返すと、漢字で書かれたフルネームの横にひらがなで大きく読みがなが書かれている。それを見て、海翔は片手で口元を押さえ、声を震わせたのだ。

「海花……そうか、俺と春花の名前から一文字ずつ取ったのか……」

(ち　が　い　ま　すっ！！！)

声を大にして言いたい。

しかし言えない。

言えば、詳しく説明しなくてはいけなくなる。子持ちを隠してアイドル活動をしている妹の子どもですなんて、口が裂けても裂かれても言えない。

「春花、どこかで話がしたい。時間をくれないか」

「いや、あのこれは……」

「ふぁみれす、いく？」

はるママのお友だちが一緒に行きたがってると思ったのだろう。もちろん、そんなかわいいお誘いを、我が子との対面の感動と衝撃に打ち震えている……らしい……海翔が断るわけがない。

「行くっ。よし、海花ちゃんが好きなもの、なんでも注文していいからね」

「わーい、ぱふぇ～」

張りきる海翔に、はしゃぐ海花。

……一人、どうしたものかと肝を冷やす春花。

そんな三人で、ファミレスへ向かったのだが……。

この面子《めんつ》でファミレスなどという場所に入れば、親子に見られるのは当然。

ご機嫌で山盛りのパフェに挑む海花。そんな海花を我が子愛しいとばかりに見つめる海翔。

真実を話すわけにもいかず、ソーダ水を濁らせる白い靄《もや》をひたすら眺める春花。

「パフェだけでいいの？　お子様プレートとかあるよ。なにが好き？　ハンバーグ？　ドリア？」

「ぜんぶすき。でもたべれない」

「残りそうなら俺が食べてあげるから。注文していいよ」

「わーい、……うーんと、おにいちゃんおなまえ……」

「海翔。京極海翔、だよ」

「かいちゃん、ありがとうっ」

無邪気な笑顔光線があまりにまぶしかったのか、海翔は片手で目を押さえ天を仰ぐ。春花だって、こんな状況じゃなかったら「海花世界一かわいい！」と叫んでしまいたい。

しかし、そんな気分になれない……。

「……もう、この店のメニュー、全部注文してもいい」

「それはやめてくださいっ」

本当にやりそうな海翔を制止しつつ、彼の秘めた親馬鹿素質に冷や汗が止まらない春花だった……。

第二章　偽りから深まる絆と愛情

「……ままぁ……」

小さな声に反応してぼんやり目を開け視線を動かすと、そこでは海花が小さな寝息をたてている。

寝かしつけようと絵本を読んであげているうちに春花までウトウトしていたようだ。

枕元の置時計は二十一時。蒲団《ふとん》に入ったのは三十分前だった。本来ならまだ眠くなる時間ではないのに。寝具と幼子の隣という組み合わせは、最高の入眠環境だと思わずにはいられない。

敷き蒲団からもそもそと這い出し、海花の肩まで上掛けを引っ張る。かわいい寝顔を見つめながら目を覚まさせてくれた寝言を思いだした。

「……ママ、か」

海花の寝言に出てきた「ママ」は唯花のことだ。海花はよく唯花の夢をみる。

一緒にお絵かきをした、洗濯物を畳むお手伝いをした、プリンを食べた。今夜はさしずめ、ファミレスでパフェを食べた、という夢をみているに違いない。

海花の夢は、だいたいその日の出来事で、春花を唯花に置き換えたものだ。

楽しい時間をママとすごす、そんな願望が夢になっているのかもしれないと思うと、一緒に暮らして一番長く接していても母親には敵わないのだと実感する。

唯花のアイドルの仕事は順調で、今は週に一度会えるか会えないか。思った以上に忙しくなったので、カフェの仕事は辞めてしまった。

数日前、唯花が夕方の打ち合わせ終了次第、実家に来る予定だった日。「ゆいママにあえる」と喜んで待っていた海花だったが、二十一時をすぎても唯花は現れず、睡魔との戦いに敗れて寝てしまった。

唯花が到着したのはその数分後。スポンサーとの食事会につきあわされて、抜けるに抜けられなかったらしい。

海花の寝顔を見ながらボロボロ泣いていた。娘の傍らで「ごめんね、早く会いにこられなくてごめんね」と繰り返す姿は、どう慰めたらいいものか困るほど……。

唯花だって海花と一緒にいたいのだ。けれど今は、それができない。

娘の将来のために今やれることを頑張るんだと決心した唯花のためにも、彼女の秘密は守っていかなくてはならない。

海花のやわらかな髪をそっと撫で、静かに寝室を出る。寝室とリビングを仕切るのは軽い引き戸。海花でも開けられるのでちょうどいい。

リビングの灯りが入らないように引き戸をシッカリと閉め、短い息を吐く。

（……だから……海翔さんにも本当のことが言えないんだよぉ～～～）

両手をグッと握りしめ、唇を引き結ぶ。三年半ぶりの再会。交際していたころには見たことのないタイプの、深い愛情を感じさせる眼差しを海花に向けていた海翔を思いだすと、焦りと申し訳なさで動悸が激しくなる。

ひとまず落ち着こうとキッチンへ行き、冷蔵庫からストレートティーのペットボトルを出したところでふとリビングへ顔を出す。引き戸が開いていないのを確認して、再び冷蔵庫へ戻った。

ときどき、寝たと思って寝室を出ると、海花が目を覚まして後追いしてくることがある。リビングにいればすぐにわかるが、キッチンからは引き戸が見えない。

ストレートティーでいっぱいになった大きめのグラスを手にリビングへ戻り、フロアソファに腰を下ろす。グラスの液体をごくごくと飲んでから、足元のローテーブルに置かれたスマホに目をやった。

海翔と連絡先の交換をする必要はなかった。二人とも番号は変わっていなかったし、お互い相手の番号を消していなかったから。

海外へ赴任した彼は、現地で小規模な貿易会社数社と契約を結び、吸収合併したのち京極海運の子会社として起ち上げ、自らがＣＥＯとして就任したという。

それによって海外拠点を拡大させた。もし彼がその子会社を独立させれば京極海運はかなりのダメージを受ける。つまりは、社内で大きな決定権を持つ人間として戻ってきたということだ。

海翔は春花と別れて海外赴任をしたとき、絶対に大きな成果をあげて、両親だろうが役員だろうが口出しのできない地位に立ってやると決心したらしい。

そのとき春花に連絡できるよう、番号を変えず、春花の番号も消さなかったと言っていた。春花に一度も連絡をしなかったのは、春花が別れ際に大事にしたいと言っていたキャリアを邪魔しないため。

それとももしかして、春花は新たな恋人を作らないと思っていたのか……。

『春花も、同じように思っていたんだな。待っていてくれたんだと思ってもいいか？　きっと俺が、また連絡をしてくるって信じていたんだろう？』

彼は感極まった表情で春花の両手を握りしめてきたが……。

（違いますっ！　未練タラタラで消せないでいるうちに、仕事に没頭してそのままになっていただけなんです‼）

……とは、言えなかった。

（でも海翔さん、そんなふうに思ってくれていたんだ……）

ついてきてほしいという彼の気持ちはわかっていたのに。彼がそれを言い出せないように、キャリアにかこつけて突き放した。それでも海翔は、春花ともう一度やり直すために奮起したのだ。

ほわっと頬があたたかくなる。嬉しがっている自分を感じて、忸怩《じくじ》たる思いに囚われた。海翔と別れて、彼のことは忘れなければと仕事に没頭して、もう過去のことですというような顔をしていたのに。彼が目の前に現れたとたん、体温を上げて、昔と変わらぬ優しさをくれる彼にときめいている。

「海翔さん……」

――――春花。

名前を呼ぶ愛しい声が脳でこだまする。カアッと耳まで熱くなって全身の毛穴から汗が蒸気になって噴き出すような気がした。

グラスに残ったストレートティーを一気飲みし、息を長く吐きながら背もたれに身体を預ける。フロアソファは座面が低いため、脚を伸ばすとこのまま眠れてしまいそう。

「……どうしよう」

海翔への拭い去れなかった愛情が残っているからこそ、困ってしまうのだ。

海花は春花の子どもではないし、彼は父親ではない。

それを、どう説明したらいい。唯花のことを彼に話してもいいものか。

またゆっくり話をしようと言われ別れたが、あの様子だと三日にあげず現れる気がする。

(話してみようかな……)

海翔は秘密を守ってくれる人だ。不誠実な人ではない。彼を信じよう。唯花を応援して支えてあげたい気持ちも、海花を守りたい気持ちも、きっとわかってくれる。


三日にあげず現れるかも。

などと思った……のが甘かった……。

「あー、かいちゃん！」

翌日の夕方、保育園の送り迎え用の門の前、芽衣先生にお別れの挨拶をする前に海花が叫ぶ。反射的に海花が指さした方向を見やり、春花は息が止まった。

「やあ、間に合った」

秀麗な微笑みを湛《たた》えつつ歩いてくるのは海翔だ。お迎えの順番待ちをしている数人の母親たちも、春花と同じく呆然《ぼうぜん》として海翔を見ている。いや、見惚《みと》れている……。

海翔は近づいてくると、ワクワクした顔で彼を見る海花をかかえ上げてひょいっと片方の肩に座らせた。

「たかいー」

「かっ、かいとさんっ」

海花はきゃっきゃと喜んでいるが、春花は慌てずにはいられない。

「大丈夫。落とさない」

違う、言いたいのはそういうことじゃない。その抱っこは危ないですと言うより、なぜここに来たんですかと聞きたい。

「あの……海花ちゃんママ……これは……」

慌てているのは春花ばかりではなく、芽衣先生も海翔と春花を交互に見てはあたふたしている。すると海翔は表情を改め、海花を落とさないよう支えながら芽衣先生に会釈をした。

「先生ですか。初めまして、いつもお世話になっております。これからは私が海花を送り迎えすることもあるかと思いますので、どうぞよろしくお願いいたします」

「はっ、はいぃっ」

ちょっとやそっとではお目にかかれないレベルのイケメンから丁重な挨拶を受け、芽衣先生もたじたじである。それから得心がいった顔になり、春花の手を両手で握り勢いよく詰め寄った。

「海花ちゃんママっ、おめでとうございますっ」

「……いや、これは……」

なにか……誤解をされている。間違いなく……。

気づけば背後がガヤガヤしている。駄目だ、これ以上ここにいたら、誤解は果てしなく深まり続けるに違いない。

「それでは先生っ、また明日、よろしくお願いいたしますぅっ」

「めぇせんせぃ、ばいばい」

焦るあまり声が裏返る春花に反して、海花はいつもどおりかわいい笑顔を振りまく。再度会釈をする海翔、肩にのった海花を入れて三人で、列を外れ門から離れた。

「素敵なパパ〜」

「お迎えにきてくれるなんて羨ましい」

「初めて見た。あんな保護者さんいたのねぇ」

背後から感じる熱い視線が怖い。早く園児の保護者から見えない場所に行きたい……。

「あ、春花、こっち」

腕を引かれて半歩身体が戻る。どうやら知らず速足になっていたらしい。足を止めたとたんに息切れがした。

「そこの公園の横に車を停めてあるから」

「車?」

見ると、保育園でもよく使われる公園の駐車スペースに、その場に似つかわしくない高級車が停まっている。昨日彼が乗っていた車だ。

「おっきいくるまー。ふぁみれすにいくの？」

昨日あの車に乗ってファミレスに行ったことを覚えているようだ。海翔の肩にのって彼の頭に手を置く海花は、またファミレスに連れて行ってもらえるのかと目をキラキラさせている。

それにしても上手くのっているものだ。海翔の支えかたが上手いのかもしれないが、高いのが怖くないのだろうか。

「かいちゃん、ふぁみれす？」

「ファミレスじゃないよ。もっといいところ。すっごく美味しいもの食べさせてあげるからね」

「おいしいもの？」

交際していたころの記憶がよみがえる。海翔はよく「すっごく美味しい店を見つけたから行こう」と言っては高級店に春花を連れて行った。

格式の高い店は幼児の入店を断るところが多いと聞いたことがある。いや、その前に海花にそういった場所は早すぎるのではないか。

「美味しいもの」でキョトンとした海花は、すぐに笑顔になる。

「それじゃ、はるママの、おむらいすだね」

「オムライス?」

「すっごくおいしいよ。きょうはね、おむらいすたべるの」

海花は春花に顔を向け「ねっ」と同意を求める。すでにそういう話がまとまっている素振りだが……。

今夜はオムライス。……そんな話は、今初めて聞いた。

冷蔵庫に材料はあっただろうかと思案をめぐらせる春花の横で、話はどんどん進んでいく。

「かいちゃんもたべようね」

「いいの? はるママのご飯を一緒に食べても」

「いいよー」

……とすると、三人分作ることになる。中身のチキンライスはなんとかなるとして、玉子は買って帰ったほうがいいかもしれない。

帰ったら急いでご飯を炊いて……。それとも春花が先に帰ってご飯を炊く準備をして、そのあいだに海翔に玉子を買ってきてもらってもいいかもしれない。

海翔が、玉子をひとパックだけレジに持っていく姿が想像できない。唇の端が歪《ゆが》み、ニヤついてしまいそうになるのを抑えるのに必死だ。

すると、海翔が感慨深げな顔で春花を見ている。

「……春花の……手料理……ってことか」

考えてみれば交際していたころ、デートに手作りのお菓子を持っていったことはあっても食事になるような料理を作ってあげたことはなかった。

会うたびに海翔がいろんな店に連れて行ってくれたし、二人とも実家住まいだったのでそういった機会がなかったのだ。

「かいちゃん、ないてるの？」

「うん、なんか嬉しくて」

本当かどうかわからないが、海翔は感動のあまり片手で目を押さえてしまった。

「むちゃくちゃ美味しいオムライス作りますからね。感動してもっと泣きますよ」

駄目押しのひと言を吐きつつ、やはり一人でレジに行かせるのは不憫《ふびん》な気がして、一緒に玉子を買いに行くことに決めた。

……単に、一緒にスーパーで買い物、というものをしてみたかっただけである……。

「ごちそうさまでしたぁ」

小さな両手を合わせて満足そうな顔をする海花に、胸の奥がきゅううっとなって幸せホルモンが噴出する。

海花お気に入りのキャラクターがついたメラミン製プレートには、ケチャップの跡しか残っていない。なんといつもは残すブロッコリーまで食べたのだ。

（海花エライっ！　天使級のいい子！）

当然春花の伯母馬鹿大爆発である。

リビングのローテーブルには、三人分の食器が所狭しと置かれている。いつもは二人分だが、今夜は海翔もいるためテーブルがにぎやかだ。

いつものように海花の口を拭いてあげようとウエットティッシュを手に取ったが、タッチの差で海翔に先を越されてしまった。

「ありがとう、かいちゃん」

海花は笑顔でお礼を言う。いつも世話をしてくれる春花ではない相手が拭いてくれたので出た言葉だが、ちゃんとお礼が言える愛姪に伯母馬鹿は萌《も》え死にしそうだ。

しかしそれは海翔も同じだったようで、軽く口を押さえた手が震えている。そんな彼を前に、春花の伯母馬鹿もなりをひそめる。

……海翔が、こんなにも親馬鹿の素質を持っているとは思わなかった……。

「かいちゃん、おいしかったですか？」

「美味しかったよ。はるママはお料理上手だね」

好きな人に初めて作った手料理を褒められるのは、なんてくすぐったくて胸があたたかくなることなんだろう。幸せホルモンが出すぎて溺れてしまいそうだ。

「うん、ママのなかでいちばんおいしいんだよ」

「ママの中で？」

話の流れにハッとする。照れている場合ではない。これは、海花のことを説明するチャンスではないだろうか。「ママ」と呼んでいるのは春花だけではない、他にも「ママ」と呼ぶ人物がいる、そして本当の「ママ」がいるのだと。

「あ、あの、母とか妹のことも『ママ』ってつけて呼ぶんです。みんなで育ててきたようなものだから……」

「そうか。みんなにかわいがってもらって育ったんだな」

「はい、でも海花はやっぱり本当のママが一番好きで……」

「海花ちゃんもいることだし、ご挨拶は急ぐべきだな。今まで放っておいたことを土下座しなくちゃならないかもしれないが、誠心誠意、応えていくつもりだ」

「あ……」

「本当はもっとゆっくり関係を修復していきたいと思っていたんだ。帰国していきなり現れても受け入れてもらえないかもしれないと慎重になっていた。だが、子どもが生まれているのに、そんな悠長なことはしていられない」

海翔は、なんのおはなししてるの、と言いたげに見上げる海花の頭を優しく撫でる。

「こんなにかわいい子がいるのに、放っておけないだろう。たとえ春花に突き放されても、受け入れてくれるまで喰《く》らいついていこうって思えた」

「……強引ですよ……」

「そのくらいの覚悟があるってことだ」

海翔が意気込みを表すようにハハハと笑うので、春花も合わせて笑い声をあげる。なんだかわからないが二人が楽しそうなので仲間に入るとばかりに、海花もかわいい笑い声をたてた。

（どうしよう……言えない）

途中で言葉にできなくなってしまったのだ。海翔の言葉を聞いているうちに、春花の中のなにかが「言っちゃ駄目」とストップをかけた。

――――今言ったら、海翔さんはいなくなってしまうかもしれない……。

「おっ、大きなあくびだな」

海翔の言葉に顔を向けると、海花が笑いをあくびに変えている。帰宅途中に買い物に行って、帰ってきてからも海翔が一緒で嬉しかったのか、はしゃぎながらお手伝いをしてくれていた。

買い物に行ったぶん食事開始の時間も遅くなった。お腹もいっぱいで早々に眠くなったのだろう。時刻もすでに二十時を回っている。

春花は壁掛け時計を見ながら腰を浮かせた。

「もう寝なくちゃね。海花、お風呂に入ってこようか」

「おふろ、はいる」

手で目を擦る海花を抱き上げ、春花は申し訳なさそうに海翔を見る。

「海翔さん、すみません。この子、お風呂に入れて寝かせなくちゃならないので……」

「そんなに慌てなくていい。適当にやっているから、気にしなくていいよ」

「あ……はい」

海花をお風呂に入れて寝かしつけるとなるとそれなりに時間がかかる。海翔をお客さんポジションに置いていた春花としては、放置して申し訳ないという気持ちだったのだが、彼自身はお客さんのつもりではないようだ。

……海花を自分の子どもだと信じているのだから、当然と言えば当然かもしれない。

「じゃあ、すみません」

食事の片づけもしていないしだらしなくて要領が悪いと思われるかもしれないが、小さな子どもに合わせて行動し生活しているのだから仕方がない。

普段は、片づけをしないままお風呂に行こうと寝てしまおうと平気だ。海翔がいるから気にしてしまう。

（見栄っ張りだな……わたし）

自分が恥ずかしくなりつつ海花のお風呂を急ぐ。いつもなら春花も一緒に入浴を済ませてしまうのだが、海翔がいるし呑気にしているわけにもいかないだろう。

海花だけ洗ってあげて……と考えてみるが、しっかり目を覚ましているときならともかく、眠たがっている子どもを湯船に入れるには抱っこをするしかない。

自分の事情より海花の安全が優先。春花も服を脱いでバスルームに入り、ほとんど抱っこをしたまま入浴を終えた。

「海花～、もう少し起きてててね～」

「ん～……おきてりゅ」

とは言うものの、ぼんやりしていて今にもコテッと眠ってしまいそう。春花はいつものように〝着るタオル〟を頭からかぶり、手早く海花にパジャマを着せた。

「海花、お水は？」

「おみずぅ」

飲むらしい。お風呂上がりの水分補給は大事だし、飲むと言ってくれるのはありがたい。あまりにも眠たがっているとき無理に飲ませようとしても愚図るだけなので、いるかいらないかを聞くようにしている。

「海翔さん、すみません、お風呂終わりま……した……」

急いでリビングに戻り、春花の勢いは落ちる。テーブルがすっかり綺麗になっているのが目に入ったのだ。すると、声を聞きつけた海翔がキッチンから出てきた。

「早いな。ゆっくり入っていてもよかったのに。ってわけにもいかないか」

彼はワイシャツ姿で腕まくりをしている。さっきまではスーツの上着は脱いでいたが、ウエストコートは着ていたしネクタイもしていた。今はそのどちらもない。

それどころか、布巾で手を拭いながら出てきた。春花は胸騒ぎのままに問いかける。

「海翔さん、テーブルの……食器は……」

「洗っておいた。食洗機が調子悪いみたいだったから」

「す、すいません、そんなことさせちゃって……」

春花は海花をフロアソファに下ろし、急いでキッチンに入る。洗われた食器はすでに綺麗に拭き上げられ、シンクも水跳ね跡ひとつない。

（手早い……）

彼にこんな特技があったとは。しかし感心するのはあとだ。今は海花の世話が先決。春花はプラスチックカップに水を用意する。

「すぐ寝てくれると思うので。もう少し待って……」

「わかった」

言い終わらないうちにカップを手から取られた。

「飲ませてから寝かせればいいんだろう？　俺がやっておくから、春花は少しゆっくりしていて」

「でも……！」

「いいから。食事を作ったりお風呂に入れたり、忙しかったんだから一息ついていなさい。寝室はリビングの隣で合っている？」

「あ、はい」

海翔は「ＯＫ」と言いながらキッチンを出ていく。自分に起こっていることが上手く把握できなくて、頭が混乱してきた。

こそっとリビングを覗くと、水分補給を終えた海花が、自分でぴょんっとソファから下りている。

「かいちゃん、ごほんよんで」

「いいよ。なにがいい？」

「おふとんにあるやつ」

海翔の手を引っ張って寝室へ入っていく。引き戸が閉まるのを見届けて、春花はキュッと眉を寄せた。

（さっきまでの眠気は、どこへいった……）

おそらく、寝かしつけ役が海翔だと知って目が覚めたのだろう。ずいぶんと懐いてしまったものである。

なかなか寝ないかもしれない。手こずるようなら助けに入ろう。

髪から顔にしたたってきた雫を肩口で拭い、髪をまとめて片方の肩から垂らし、着るタオルの裾をめくり上げて包んだ髪束の水気を吸わせる。

めくり上げたところから入った空気がすうっと全身を撫で、全裸にスポッとかぶっただけであることを強く意識して羞恥心が動いた。

パジャマと言っても通用しそうな貫頭衣のようなワンピースタイプなので一緒にいるのが唯花や母ならこのままでもいいのだが、さすがに海翔がいるのに下着も着けていない状態は避けたい。

言わなければわからないだろうが、恥ずかしすぎて春花の羞恥心が耐えられない。

寝かしつけてくれているあいだに着替えたい。しかしクロゼットは寝室だし、入浴前は急いでいたので着替えを持ちこんでいなかった。

（どうしよう……なんとかごまかして……。あっ、そう言えば！）

今朝、帰ってきたら片づけようと思って、乾いた洗濯物を放置してマンションを出たことを思いだす。それだとばかりにリビングへ移動し、ソファのうしろに放置された衣類の中から下着一式と普段着のチュニック、フレアスカートを引っ張り出した。

一式揃ってよかった。春花は急いでその場で着替え、手近にあったシュシュで軽く髪をまとめ上げる。

なんとか海翔がいても羞恥心に打ちのめされる心配はなさそうだ。ホッとしてお茶でも入れようかとキッチンへ行きかけたとき、寝室の引き戸が静かに開いて海翔が出てきた。

「あれ？　もう寝ました？」

引き戸を閉めた海翔が顔を向け、クスリと笑った。

「その髪型、久しぶり」

「え？」

海翔は近寄ってくると、後頭部で垂れ下がった春花の髪を手に取った。

「春花と知り合ったばかりのころ、こういう髪型だった」

「そう言えば……そうでしたね」

あのころはあまり自分に気を使うほうではなかった。お洒落に興味がないわけではなかったが、それほど当時の自分は必要性を感じていなかったのだ。

髪型や服装、メイクなどを少しずつ意識していくようになったのは、海翔とつきあいはじめてから。

「こういうラフな服装も懐かしいな。昨日も今日も仕事帰りのピシッとした春花しか見てなかったから。俺に気持ちを許してくれているんだって思えて嬉しい」

「自分の家ですから……、楽な格好もしますよ」

放置していた衣類から引っ張り出しただけですとは言えない。それでも、こんな些細《ささい》なことで二人の思い出を懐かしんでくれるなんて。嬉しいやら、照れくさいやら。

「でも、さっきの服のままでもよかったのに。俺がいるからわざわざ着替えたのか？　気遣い無用だぞ」

海翔の視線の先には、脱ぎ捨てた着るタオルがある。だらしなく広がっているのを慌てて拾い上げ、くるっと丸めて手に持った。

「あ、違うんです。これ、着るタオル、っていって、タオルなんです」

「服じゃないのか？」

「はい、あの、小さな子どもがいるママって、お風呂から上がったあと、自分の身体を拭く間もないほど慌ただしいんですよ。タオル一枚身体に巻いて、先に子どもを拭いて着替えさせて。おとなしく着替えてくれる子どもばかりではないし、子どもが一人じゃなくて二人の場合もあるし、そんなときタオルだと落ちたり巻き直したりわずらわしいじゃないですか。それを解決してくれるのが、この〝着るタオル〟なんです」

丸めていたものを両手で広げて海翔に見せる。彼は興味深そうに春花の話を聞いていた。

「お風呂上がりにスポッとかぶってしまえば濡れた身体はなんとかなるし、気兼ねなく子どもに構えます。出た当初は少なかったみたいですけど、今はいろんなメーカーから出てますよ。デザインもいろいろです」

「もしかしてそれは、春花が勤めている会社の製品だったりする？」

「大あたりです」

春花はにこりとしてから着るタオルを胸に抱き、ひと呼吸おいてから恥ずかしそうに声を小さくした。

「これ……わたしの案が採用されたデザインなんです。新作を出すとき、機能性をプラスした提案をしたらそれが通って。すごく嬉しくて、製品化されてからずっと使ってます」

嬉しかった思いのままに語ってしまったが、彼の前で口に出すほどの話ではなかったかもしれない。

なんと言っても海翔は、海外赴任でひとつの会社を作り上げＣＥＯに納まった人だ。彼にしてみれば、既存商品のバージョンアップに案が採用されたくらいで喜ぶなんて、滑稽なのではないか。

いい気になっちゃったかなと恥ずかしさが増す。この話はやめようとしたとき、海翔が着るタオルを握りしめる春花の手を両手で包みこんだ。

「春花は、頑張っているんだな。自分が考え出したものが商品化されて世の中に出るというのはすごいことだし、素晴らしいことだ。すごいよ、春花」

「いえ、そんなに、褒めてもらうほどでは……」

戸惑いは大きくなる。海翔の口調は感動を隠さず、春花を見つめる瞳は嬉しそうだ。彼は心から春花の仕事の成果を喜んでくれている。

「謙遜しすぎるのはよくない。自分の成果に自信を持って。その自信は、必ず次へ繋がるものだ」

「はい……」

言い返せないまま納得させられてしまう。

けれど、そのとおりかもしれない。ある仕事で成果を出せたとき、この次も頑張ろうと奮起できる。自信を持つのはいいことだ。

「ありがとうございます。海翔さんに褒めてもらえて、嬉しいです」

はにかみつつ素直な気持ちを口にすると、包まれた両手が強く握られ海翔がちょっと寂しそうに微笑んだ。

「……あのとき……春花を無理やり連れて行かなくて……、よかったのかもしれない」

彼がなんのことを言っているのか、瞬時に察した。それは春花の心の中でずっとくすぶっていたものだ。

別れを告げた日、海翔は春花にプロポーズをして海外赴任へ一緒に連れて行くつもりだったのだろうと……。

春花が遮ってしまったので彼の口から聞くことはなかったが、やっぱりそうだったのだ。

春花は、彼の望みを打ち砕いていたのだ。

（でもあのときは……ああ言うしかなかった）

「子どもができていたのに、こんな言いかたは不謹慎かもしれないな。すまない」

「いいえ、そんなことはないです。仕事を褒めてもらえてすごく嬉しいし。それに、海花は……」

――海翔さんの子どもではないし……。

そんな続きの言葉が、出てこない……。

「あ……海花は……、ちゃんと寝ましたか？」

春花は話題をすり替える。ちょっと強引だったが、海翔は気にした様子はなかった。立ちっぱなしだった春花をソファにうながし、隣に座る。

「蒲団に入って、話をしているうちにコテッと寝てくれた。絵本も用意したんだけど、読む前に寝てしまったな」

「眠気が覚めたみたいだったから、ちゃんと寝るか心配だったんですよ。海翔さんがなかなか出てこなかったらヘルプに入ろうと思っていました」

「はるママのオムライス美味しかったでしょって、繰り返し確認された。美味しかったって言ったらすごく嬉しそうだったな。『そうでしょ、そうでしょ』って。ママのご飯を褒められて得意になるなんて、かわいいな」

海花が春花の料理を自慢していたと思うとくすぐったくて嬉しい。そして、そんな海花の話をする海翔の表情がとても優しくあたたかさにあふれている。

きゅんっとときめく胸が、かすかに痛い……。

「そうだ、今度ホットケーキを作ってほしいって」

「ホットケーキですか？　そう言えば、最近作ってあげてなかったかな。言えば作るのに」

「俺が作るんだよ」

「え？」

「かいちゃんご飯作れる？　って聞くから、たいていのものは作れるけど、ホットケーキはムチャクチャ得意って言ったら、作ってほしいって」

「か、海翔さんが？　作るんですか？」

ついつい驚いた声をあげてしまった。それがおかしかったらしく、海翔は笑いながらちょっと胸を張る。

「アメリカにいたときは一人暮らしだったし、外食と自炊が半々だった。だから片づけも得意だ……と自分で思ってる」

だから、海花のお風呂を済ませて出てきたときテーブルはすっかり綺麗になっていて、食器も洗われて拭き上げまでされていたのだ。

「そうですか、ありがとうございます。助かりました。急ぐときは片づけは後回しにして海花の世話をするんです。全部放置してお風呂に行ったから、だらしないって思われたかなって」

「思うわけがない」

ふいに肩を抱かれドキリとする。海翔の顔が近づいてきて表情が固まった。

「奥さんが子どもの世話をしているときに、家のことをやるのは夫の役目だ」

「お、おくさ……んって」

奥さんやら夫やら、仕事柄よく使う単語ではあるが、自分にあてはめられるとドギマギする。

「驚くな。結婚するつもりなのはわかっているだろう?」

「それは……、はい……」

「春花の気持ちだって、昔と変わっていないのはわかっている」

彼は自信たっぷりだ。……間違ってはいないが。

「海花ちゃんのことを考えれば、結婚は早いほうがいい」

鼓動が速くなってくる。結婚という決定的な言葉を聞いてときめいているのではない。

そこに海花の存在があることに焦りを感じているのだ。

言わなくては。海花は春花の子どもでも海翔の子どもでもないと。でも……。

肩を抱き寄せられ、海翔の胸に身を預ける。ひたいにキスをされてピクンと身体が震えた。

「決めつけた言いかたをしてすまない。焦っているんだ。早く、春花や海花ちゃんと〝家族〟になりたい。春花と、もう離れたくない」

「でも海翔さん……わたしは……」

「わたしは釣り合わないとか、別れ話のときと同じことは言わせない。あのころとは違う。両親にも文句は言わせない。いや、言えないだろう。なにも心配することなんかない」

違う。そんなことを言おうとしたのではない。でも言葉が続かない。

視線が絡む。ずいぶんと不安げな顔をしていたのかもしれない。春花を見つめる海翔の瞳に憂いが揺らいだ。

「この三年半、ずっと、ずっと春花の存在を心に留めてすごしてきた。絶対に春花を迎えに行く、それを目標に仕事に打ちこんだ。今度こそ、結婚しよう、春花。俺には春花しかいない」

嬉しいのにつらくて、それでも春花はまぶたを伏せ、海翔のくちづけを受け入れる。

もう触れることはないと思っていた愛しい人の唇は、全身の血液が沸騰するのではないかと思うくらい身体も心も火照らせる。

海翔は真剣に言ってくれている。失ったはずの愛しさは、本当に戻ってきたのだ。

けれど彼は、海花を自分の子どもだと思っているからこそ、こんなにも熱心になるのではないだろうか。

海翔は、念願の仕事ができると喜んでいた春花を想って別れを受け入れてくれている。もし、子どもの存在がなかったとしたら……。

こんなふうに、強く結婚を迫ることはなかったのではないか。

海花がいるからこそ、なにがあっても結婚すると決断したように感じる。

海花が自分の子どもではないと知ったら……。

どうしたらいいのかわからない。本当のことを言うべきなのに、言いたくない自分が口をふさぐ。

唇が離れると、海翔の両腕が身体に巻きつき優しく抱きしめられる。あたたかさと絶妙な力加減が心地よくて、春花は脱力してしまいそうだ。

「そんなに困るな。今夜はこれ以上しないから。……残念だけど」

迷いは態度に出ていたのかもしれない。それを、ここでこのまま……という戸惑いだと海翔は勘違いしたようで、恥ずかしい誤解ながらホッとする。

「ごめんなさい……、海翔さん」

海翔は優しく微笑んで春花の頭を撫でる。

春花が謝った本当の理由に、気づかないまま。

その喫茶店は、まるで切り取られた異次元空間のようにひっそりとしている。若者の街、ファッションの発信地と言われるにぎやかな場所にあるのに、そこには喧騒から逃れて深呼吸ができる静けさがあった。

かといって客がいないわけではなく、半分は席が埋まっている。

縦に細長い店内、カウンター席が五つ、四人がけのテーブル席が五つ。満席なら二十五人が入る。

今はカウンターに三人、テーブル席ふたつに三人ずつ、もうひとつに一人、計十人の客がゆるやかなクラシックをＢＧＭに空間を共有していた。

最奥のテーブル席に一人で腰かけているのが、春花である。

平日の昼下がり。今日は唯花と待ち合わせだ。海花のことで話がしたくて連絡をしたら時間と場所を指定された。

午前の会議と打ち合わせ、店舗リサーチが済めばあとは帰って仕事に取りかかるだけだったので、春花としても都合はいい。

海花のことで話がしたいというより、海翔が誤解をしていることを説明したかったのだ。春花が海翔と別れた時期と唯花が妊娠した時期、それが微妙に重なっているため、海花は春花の子どもだと考えても矛盾はない。

おまけに海花の名前に海翔の「海」の字と春花の「花」の字が入っている。

そして「はるママ」という呼びかた。芽衣先生にまで「海花ちゃんママ」と呼ばれていること。

顔の雰囲気も似ている。これは唯花と姉妹なのだから当然だが……。

――すべて、誤解してください、とわざわざ揃えたような条件ばかりではないか。

そう考えると、海翔が信じこんでしまうのも仕方がない。今さら春花が、海花は海翔と春花の子どもではないと言ったところで、結婚したくないからそう言っているだけ、などと誤解を招くだけのような気がするのだ。

本当のことを話して信じてもらうために、唯花に協力してもらいたいのだ。海花の本当の母親が話をすれば、さすがに海翔も納得してくれるだろう。

（それで駄目なら戸籍謄本でも見せれば……）

だんだん考えが即物的になってきた。そこまですると徹底的に海花から引き離したがっているようで、自分がすごく意地悪に思えてくる。

海翔が海花をかわいがってくれているのがよくわかるので、その気持ちを傷つけたくはない。

「なーに難しい顔してるの？」

テーブルの横に人が立った気配がする。見ると、キャスケットにサングラス、金髪のストレートヘアーを胸に垂らした女性が春花を覗きこんでいる。

「ばぁっ」

人差し指でサングラスを下げ、ペロッと赤い舌を出しておどけるのは――唯花だ。

春花は目をぱちくりとさせて垂れ下がる髪を指でつまんだ。

「金髪？」

「これウィッグだよ。この前ライブで使ったらウケたんだ。あれ？　まだランチメニューあるの？」

話しながらテーブルに目を移した唯花は、ランチタイム用のメニュー表を見つける。残念ながらランチタイム終了から十五分経過している。だけど、唯花はカウンターに向かってオーダーしてしまった。

「ちょっ！　時間すぎてるっ。違うものにしなさいっ」

「えー、メニュー表出てるのにぃ？」

決められた時間は過ぎているのだから置いてあるからといって注文してもいいというものではない。

すると、カウンターに立っていたふくよかな中年男性のマスターが、人のいい笑顔で手を横に振った。

「いいんだよ。まだ用意できるから。グラタンのセットとドリアのセット、どっちがいい？」

「ドリアがいいですっ。ありがとうマスター」

元気な笑顔できちんとお礼を言う。海花なら褒めてあげるところだが、これは褒めていいものか微妙なところ。

「いい人だなぁ。ここさぁ、今まで何回か来てるんだけど、落ち着けるしホントにいいカフェだよね～。SNSに書いちゃおうかなぁ『りんのおススメカフェなんだよ～』って」

キャハハと笑う唯花を見ながら、春花は小さく息を吐く。アイドル活動を始めて一年。どことなく唯花のノリが以前より軽くなったような気がする。

職業柄仕方がないのかなとも思う。ライブにも数回行ったことがあるしライブ映像も持っているが、明るい笑顔でみんなを癒やす、が売りなのだ。

そんな売りを持つアイドルユニット〝ララブ〟は、二十歳から二十三歳までの女性五人で構成されている。

正確には〝ラ・LOVE〟なのだが、ララブと呼ばれているのだ。

メンバー五人に、ら行の芸名がついていて、らん、りん、るん、れん、ろん、となる。ちなみに唯花は、りん、である。苗字はない。ファンには「りんりん」とか「りっぴょん」とか呼ばれている……らしい。

「お姉ちゃん、お昼食べたの？　ダイエット中？　お姉ちゃんスタイルいいんだから、そんなもの必要ないでしょ。下手にダイエットするとおっぱいちっちゃくなるよ？」

「打ち合わせで差し入れ出たから、早めのお昼は済んでる」

身体的な話題は場所を考えてほしい。だがこの喫茶店はテーブル席の話し声があまり他の席まで聞こえない。一人で待っているときも、他のテーブルの話し声よりBGMのほうが耳に入ってきた。

唯花は何度か来店経験があるようだ。あまり目立たないし話がしやすいからここを指定したのだろう。

（一応アイドルだもんね。その辺は考えてるんだな）

運ばれてきたお冷を「あー、喉渇いたぁ」とごくごく飲む唯花を眺めつつ、ニヤッとしてちょっとだけからかう。

「いいんですか？　りんりん様がこんな目立つカッコして歩いて。若者に見つかっちゃうよ？」

「平気平気。似たような子が歩いてる場所のほうがかえって見つかりにくいし。ほら、なんだっけ、……そうそう、木を隠すなら林の中、って言うでしょう」

「それ、林じゃなくて森」

「もー、カタイこと言わなーい」

「なに言ってんの。人前で間違ったら恥ずかしいでしょう」

「大丈夫っ。みんな『りんりん勘違い、かわいい』って言ってくれる」

「はいはい」

呆れた声は出しつつも、明るい妹を憎めない。春花は自分の前にあるアイスティーを横に寄せ、唯花に向けてスマホを置いた。

「じゃあ、もぉっとかわいいもの見せてあげるね」

なにを見せるつもりか、唯花はわかっている。サングラスを外し期待に満ちた顔でスマホを覗きこんだ。

「これは、十日くらい前にファミレスに行ったときの」

スマホには、大きなパフェを前にして満面の笑みを浮かべた海花が映し出される。海翔が一緒だったときのものだが、彼の姿は映っていない。

「こんなおっきいの食べられないくせに」

先程までとは違う、くすぐったげな声。海花の姿が見られて嬉しそうなのに……どことなく寂しげに聞こえた。

「これはね、保育園で撮ったやつ」

送り迎えのときにカメラを向けた数枚を、順番に表示させる。二つ年上の男の子と手を繋いで園舎に入っていく画像を見て、唯花が身を乗り出した。

「これは、海花がよく話をしてくれる『おにいちゃん』で、仲良しみたい。よく海花に構ってくるらしいよ」

「ええっ、マジで？　この男の子、なかなかにイケショタじゃない。でもなぁ、将来どうなるかわかんないなぁ。子どものころにかわいすぎる男の子ってさ、まあまあの確率で成長すると見る影もなくなるんだよねぇ」

「……おうちは、開業医らしいよ」

「よしっ、頑張れ、海花っ」

いきなり応援しだす母。変わり身の早さに笑うしかない。

「なんなの、それ」

「だってぇ、ポイント高い子は今のうちに捕まえておいたほうがいいじゃない。将来どうなるかわかんないし」

「今から娘の婚活しないの」

次を表示しようとして、刹那、指が戸惑う。息を止め、覚悟をしてスワイプした。

「この人、覚えてる？」

「ん？　やだー海花、すっごいイケメンの膝にのって……、え……？」

眉を寄せ、唯花はスマホに目を近づける。その顔のまま春花を見て、またスマホに目を落として、その動作を数回繰り返した。

見せたのは海花が海翔の膝にのって嬉しそうに笑っているもの。先日の日曜日、春花のマンションで海翔がホットケーキを作ってくれたときのものだ。作るときも作ってからも海花は大のご機嫌で、最高の笑顔で写っている。

　そして、唯花はもちろん海翔の顔を知っている……。

「これ……お姉ちゃんの元カレじゃないの？」

「……海外に行ってたんだけど、帰ってきたらしくて……。十日ほど前に現れた」

「元サヤ？」

「……本人は戻りたがってる。……ただ、問題があって……」

「ええっ、戻ればいいじゃん。なんてったっけ元カレ、ほら、有名な小説家とおんなじ苗字だったよね。顔はいいし優しいらしいし、なんたってお金持ちだし、最高でしょ。お姉ちゃん玉の輿だよ」

　名前は忘れても、顔とお金持ちだったことは覚えているようだ。さらに身を乗り出してくる唯花を「どうどう」と抑え、春花はスマホを引っこめて声を改めた。

「そう簡単でもなくてね。海翔さん……海花を自分の子どもだと信じこんでいて……」

「えっ！」

　唯花が驚くのは当然だ。我が子を、どうして姉の元カレが自分の子どもだと思ってしまうのか不思議で堪らないだろう。

「お……お姉ちゃん……」

　それにしても動揺しすぎではないだろうか。心なしか青ざめているような雰囲気さえある。

「あ、あたし、人の彼氏寝取ったりしてないよ。ましてやお姉ちゃんの……絶対そんなことしてないよ」

「……そっちの意味で考えるとは思わなかった」

そうきたかあーーーー、という気分である。

「違うの？」

「違うよ」

「よかったぁ」

唯花はホッと胸を押さえ、ズルズルと脱力する。

「大事な話があるって言うからさ、ケジメつけさせられるのかと思った」

「そんなハードな世界に住んでないよ。説明が足りなかった。ごめん」

アイスコーヒーをストローで吸い上げ、冷たいカフェインでクールダウンする。改めて唯花と向き合った。

「わたしが海翔さんと別れた時期と、唯花が妊娠した時期が近いでしょ。それだから、海花は別れてから妊娠がわかった子どもって考えておかしくない年齢で、おまけに偶然にも海翔さんとわたしの名前の漢字が一文字ずつ入った名前だからよけいに誤解したみたいで。おまけに海花は『はるママ』って呼ぶし、保育園の先生にも『海花ちゃんママ』って呼ばれるし」

「それは……元カレが誤解しないほうがおかしいって状況だね……」

「でしょ？　海花もすごく懐いちゃって、一緒にいるときはわたしより海翔さんにくっついてるほうが多いくらい」

海花の懐きっぷりを思いだし、春花は浅いため息をつく。氷が溶けたせいでちょっと薄くなったコーヒーをまた吸い上げた。

「子どもがいるんだから早く結婚しようって。正直、嫌いになって別れたわけじゃないし気持ちは揺れるけど、でも、こんな誤解されたままじゃどうしようもないでしょう？　海花は妹の子どもなんだって言うとしても、一緒に暮らしている理由を説明しなくちゃならないし。そうすると唯花の仕事のことを話さなくちゃならない。説明して信じてもらえるかもわからない。だから、ひとまず誤解を解くのに唯花も一緒に……」

「えええー、いいじゃん、そのまま結婚しちゃいなよ。海花はあげるからさ」

春花の動きが止まる。指でつまんだストローから口を離した形のまま唯花に目を向けた。

「おまたせしましたー」

「おまたせされましたー。わー、美味しそうっ。ありがとうございますっ」

春花の言葉が止まるタイミングを待っていたかのようにランチセットが運ばれてくる。

唯花は早速スプーンを持ち、湯気が立つドリアの表面に差しこんだ。

「海花が元カレに懐いてるんならちょうどいいよ。元カレもかわいがってくれてるんでしょう？　じゃあもう、二人の子どもにしちゃいなよ。……あっちぃっ」

　ドリアを口に入れようとするが、熱に強くてもできたてのドリアは強敵だ。はふはふ言いながらやっとスプーンを口に入れた。

「海花もさ、そのほうがいいと思うんだよね。将来的にもさ。あたしなんてこれからどんなに頑張っても、自分一人を生かしていくので精一杯だろうし。地下アイドルの仕事なんて一生できるもんじゃないし。お金持ちのご家庭で裕福に育ててもらったほうが幸せじゃない」

　食べながら喋る唯花を、春花は呆然と見つめる。口の中に食べ物が入っているときは喋らない、というういつものお小言も出てこない。そのくらい、唯花のセリフが信じられなかった。

「考えてみればさ、そのほうがあたしもいいわけよ。あたしだってさ、これからアイドル好きの金持ちの社長に目をつけられて結婚のチャンスとかあるかもしれないじゃない。そういうときにコブつきじゃないほうがいいと思うし。海花はお姉ちゃんの子どもにしちゃえば、問題は解決でしょう？」

「本気で……言ってんの？」

「本気もなにも、最適解、ってやつ？　みんな幸せバンバンザイじゃん？」

「唯花」

声に険しさがこもる。唯花は春花に目を向けることなく、食べ続けた。

「冗談で言ってるんでしょう?」

語尾が震えた。怒りなのか悲しさなのか、……戸惑いなのか、わからない。

「海花を……そんな、物みたいに……。どうしたの、仕事でいやなことでもあった? でも、無理してる? もしかして、海翔さんが海花と仲良くしてるのが気に入らなかった? それは誤解を解かなくちゃどうにもならないことで、だから唯花にも一緒に説明をしてほしくて……」

「ああっ、もうっ、うるさいなぁ。そんなに難しく考えることないんだってばっ」

唯花はスプーンを置き、お冷を一気にあおり飲む。

「海花はお姉ちゃんの子どもになる、あたしは身軽になる。お互い幸せハッピーエンドでしょ。海花がいて元カレも喜んでるんでしょ? お姉ちゃん、元カレと結婚したいでしょ? じゃあこの案でいいんじゃないの?」

「わたしが今したいのは、アンタに冷水ぶっかけて頭を冷やさせることだよ!」

怒り心頭に発するとはこういった気分なのかもしれない。唯花が自分勝手なことを言いだすのは今に始まったことじゃない。けれどその裏には理由があって、強がっていたり悲しい感情の裏返しだったりしていた。

それを知っているから、春花だって宥《なだ》めることができていた。

けれど、今回に限っては駄目だ。

信じられない。

唯花が、海花を捨てるという発言をするなんて……。

少々声が大きかったのと、感情に任せて勢いよく立ち上がってしまったせいか、一瞬店内の物音が消えて視線が集まった気配がした。

唯花はぷいっと横を向いたまま、手に持ったスプーンでドリアをつつきまわしている。おそらくこれ以上は話にならない。春花はアイスコーヒー代として千円札をテーブルに置き、席を離れた。

カウンター内で心配そうな顔をするマスターに「すみません」とひと声かけて店を出る。

静かな空間からいきなり出たせいか、街の喧騒に一瞬耳鳴りと眩暈《めまい》がした。

話し声や足音、どこかの建物から聞こえる音楽と街頭放送。急に現実に引き戻されていくような不思議な感覚は、まるでつい先程までの出来事は夢だったのだと示しているかのよう。

「……夢？」

そうだ、あれは夢だ。

現実のはずがない。唯花が、海花を人生の邪魔もののように言うなんて。そんなはずあるわけがない。

あの喫茶店からして、どこか俗世と切り離された雰囲気があった。きっと、幻を見ていたのだ……。

ふらりと足を進めていくと大きな交差点に差しかかり、大型ビジョンが四基一気に同じ映像を流しはじめる。ビジョンを見上げていた一部から歓声があがった。そこには、跳びはねながらかわいい声で歌う女の子のアイドルグループが映し出されていた。

一緒に口ずさむ女の子。喰い入るように見つめる男の子。サラリーマン風の二人組、お使い途中のOL、興味がなさそうな人たちだってその姿に目を向けていく。

「かわいい～、いいなあ、アイドル。あたしもなろうかな～」

「言うだけタダだねぇ」

「夢くらいみさせてよ～」

「でもさあ、こういう仕事っていろいろあるって言うよ。なんかやったらすぐSNSで炎上とかするしさ。ストレスすごそう」

「男と立ち話してるだけでも、勝手に変な見出しつけられて炎上するよね。やっぱ一般人でいいや」

どこからかそんな声が聞こえてくる。ビジョンが切り替わり、春花は交差点の流れにのった。

あんなに派手ではなくても、唯花だって笑顔を振りまいて楽しい夢をみせる仕事をしている。禁止とまでは言われていないそうだが、異性とのつきあいには細心の注意を払うらしい。

男友達とご飯を食べに行った。本当はそれだけの話なのに、あることないこと豪勢に盛られて、足を引っ張る材料にされることもある。

そんな世界で、実はシングルマザーであるなんてことが公になれば唯花のアイドル生命はひとたまりもない。

ストレスすごそうと外から見ている人は言うが、想像を絶するストレスがあるだろうし我慢していることも多いだろう。

唯花を見ていたら、常々そう感じる。

「ストレス……」

唯花の海花に対する物言いがあまりにもショックで取り乱してしまったが、その可能性を考えてあげられなかった。春花は信号を渡りきったところで商業ビルの中に入りスマホを取り出した。

こんなとき、唯花の様子を聞ける人が一人いる。唯花が所属するユニットのマネージャーで、唯花をスカウトした人物だ。

『はい、桂木《かつらぎ》です』

コール三回で穏やかな男性の声が聞こえてくる。春花は恐縮しつつ言葉を出した。

「お久しぶりです。唯花の姉の春花です。お仕事中、申し訳ございません」

『はい、天宮さん、お久しぶりです。いえいえ、気になさらないでください。今日はライブがない日なので、新作の物販をのんびりチェックしていました。あっ、りんちゃん——唯花さんの新作もあるんですよ。今度お届けしますね』

「あ、ありがとうございます」

桂木は二十代後半だが年齢のわりに落ち着いた性格で、春花はニコニコしている顔しか見たことがない。こうして電話で話していても、メガネの奥で目をにっこりと虹の形にしている顔しか思い浮かばないほどである。

唯花がアイドルの仕事を始めるとき、実家まで来て母や春花に仕事の内容など詳しい話をしてくれた人だ。

唯花はシングルマザーであることを隠し通さなくてはならないリスクを背負うが、その件については絶対に漏れないよう、決して唯花が傷つくことのないよう、事務所側で細心の注意を払うと約束してくれた。

彼の態度は熱心で誠実で、正直なところ芸能界というものに胡散臭さしか持っていなかった母でさえも懐柔してしまった。

活動を始めたあともライブ日程などは必ず教えてくれるし、グッズが出れば届けてくれる。その際は海花へのお土産も忘れない。ちなみに海花には「メガネのおにいちゃん」と呼ばれている。

唯花のことでなにか不安なことがあればいつでも連絡をくれと言われていた。

「あの、実は唯花のことでお聞きしたいことが……」

『なにかありましたか？』

「先程本人に会ったんですけど、ちょっと様子がおかしくて。仕事でなにかあったのかと……」

『……そうですか』

桂木のトーンが落ちる。こんな声は初めて聞く。おかしな胸騒ぎがした。

『実は……昨日、メンバーの子と喧嘩《けんか》、というか、言い争いをして……。決着がつかないまま別れてしまったようで』

「言い争い……ですか？　あの……メンバーと上手くいっていないんでしょうか……」

『いいえ、仲はいいんですよ。ただ、やはり女の子が五人集まれば、行き違いはあります。今まではなにかあっても問題になるほどでもなかったんですが、今回は少々深刻みたいです』

「そうなんですか……」

唯花の様子がおかしかったのはそのせいなのだろうか。あんな暴言を吐いてしまうほど彼女を悩ませた事柄とは、いったいなんだったのだろう。

『申し訳ありません、天宮さん。僕が、しっかりとメンバーの子たちのケアができていないから、ご心配をかけてしまって』

考えこむあまり無言になってしまったせいか、桂木が焦った声を出す。電話の向こうで直立して頭を下げる彼が見えるようだ。

『この件は、早急に対処したいと思います。申し訳ありません』

「そんなに謝らなくていいですよ。こちらこそ、教えていただいて、ありがとうございます。様子がおかしかった理由がわかっただけでも助かります」

『とんでもありません。ご家族にご心配をおかけしないようマネジメントしていきますとお約束しているのに、申し訳ないです。こんなことじゃ、今度海花ちゃんにお会いしたとき頭をポカポカ叩かれてしまいますね』

海花が桂木の頭を両手でポカポカ叩いている光景が頭に浮かび、申し訳ないがぷっと噴き出しそうになってしまう。春花は再度「ありがとうございます」と礼を言い、「唯花をよろしくお願いします」と通話を終えた。

桂木のような親身になってくれるマネージャーがついているのだから、きっと大丈夫だ。唯花だって、仕事のせいでどうしようもなく感情が乱れることもあるだろう。それがたまたま今日だっただけ。

「大丈夫……」

春花は自分に言い聞かせるように呟《つぶや》く。落ち着けば、きっといつもの唯花に戻ってくれる。そうしたら改めて海翔の件を話そう。

――海花はお姉ちゃんの子どもにしちゃえば、問題は解決でしょう？

「……本気で言ったんじゃ……ないよね」

唯花の言葉を否定しつつ、海花をかわいがる海翔の姿が頭から離れない。

海花がいるから、早く結婚したいと言ってくれる海翔。海花が、自分の子どもではないと知ったら……。

――海花はお姉ちゃんの子どもにしちゃえば……。

唯花の言葉が頭の中で繰り返され、そんな自分に寒気を覚える。雑念を振り切るように春花はビルから飛び出した。

＊＊＊＊

「それで、これがピアノの発表会のときのなんだが、かわいいだろう、このドレス、儂《わし》が選んだんだ」

溶けてしまいそうな顔、とはこういうデレデレとした顔を言うのだろう。

海翔は微笑ましげな表情を崩さないまま、ゆっくりと首を縦に振る。

「かわいいですね。あふれ出る社長の愛情が表れたドレス、お孫さんにとてもお似合いです」

椅子から身を乗り出し、目の前に広げられたアルバムを覗きこむ。これで何枚目だったろう。いずれも小さな女の子が写った写真だが、枚数と同じ回数「かわいいですね」と口にしている気がする。

取引先へやってきて社長室へ通され、仕事の話をしたのは最初の十分だけ。それから三十分ほど社長の四歳になる孫のノロケを聞いている。

無駄な時間……ではない。これも、仕事を円滑に進めるための根回しだ。

しかしさすがにタイムリミットだ。海翔の男性秘書もそのあたりはわかっている。背後から「CEO、そろそろ」と声をかけてきた。

「ああ、もう時間かい？　いやいや、儂の話にばかりつきあわせて悪かった」

好意的な笑顔で終わりを察する社長を見て、海翔は今回の訪問が成功したことを悟る。

自分が納得しない限り話を終わらせない、気難しく頑固者で有名な社長だ。

愛してやまない孫のノロケに、海翔がおだやかに聞き入ったのがよほど気に入ったのだろう。次回は大型品の輸出に関する相談をしたいと言いはじめた。

「またお伺いいたします。次はぜひともご旅行のときのお写真を拝見させてください」

駄目押しの言葉がまた効いた。社長は鼻息を荒くして大張りきりだ。社長自ら見送りに出てくれるという、社員が驚愕する事態にまで発展した。

「お疲れ様でした、CEO。大成功でしたね」

次の移動先へ車を走らせ、運転席の秘書が声をかける。海翔はハハッと笑って後部座席で軽く力を抜く。

「ああいった御仁には、頑張ってこちらの話を進めようとしないほうが賢明だ。気が済むまで話を聞いてやれば、機嫌をよくしておのずとこちらの意向を汲んでくれる。懐に入ることができれば、あとはどうにでもなる」

「京極海運の重役の皆さんも手に負えなかったと聞いております。お見事でした。次はターミナルへ向かいますが少々時間があります。どこかで休憩されますか？」

「そうだな、ターミナル前のコーヒーショップにでも寄るか」

「かしこまりました」

窓の外に目を向け、流れる景色を何気なく眺める。しばらくすると窓ガラスに映った海翔の口元がヒクッと引き攣り、さりげなく手で隠した。

（マズイ……叫びだしそうだ……）

ずっと、ずっと、我慢していた。しかし、いくら秘書しかいないとはいえ、こんなところで叫ぶわけにもいかない。

（うちの娘のほうが何億倍もかわいい――――――！！！！）

仕方がないので心で叫ぶ。

スッキリはしないが我慢するよりマシだ。

早く春花と結婚したい。結婚して、海花を子どもだと公言したい。

海翔の脳裏に、海花を抱っこして微笑む春花の姿が浮かぶ。心がふっと幸せに包まれて、おだやかになった。

（しかしまさか……子どもができていたとは思わなかった……）

十日前、春花が小さな女の子を抱きかかえて笑っているのを見たとき、瞬時にいろいろな想いが駆けめぐった。

女の子は二歳か三歳くらい。別れを決めたその日に初めて春花を抱いた。そのときの子どもなのかと考える間もなく、最初に浮かんだのは……。

――避妊はしたはずだ！

間違いなく避妊はした。春花が視線をそらしているうちに、いつ春花とそういうことになってもいいようにと持ち歩いていた避妊具を使用したのだ。

――しかし、避妊具は一〇〇パーセントの成功を保証するものではない。

海翔の頭で、光よりも速く思考が動く。

――――春花が子どもを抱いている。あの仲睦まじさは血が繋がっているに違いない。子どもの外見から推定される年齢は二歳後半程度。時期的にあのときの子どもである可能性が高い。可能性？　可能性どころか間違いない。なんと言っても、春花が俺以外の男に身体を許すわけがない！　あの子は、俺と春花の子どもだ！

カチカチと頭の中で思考が組み上がり、チーンと結果が出された。

疑う余地なんてあるはずがない。海花は二人の子どもだ。

日本に帰る前、春花のことは軽く調べた。結婚はしていない。仕事を頑張っている。それで充分だった。

すぐにプロポーズしよう。それだけを考えていた。春花にはゆっくり関係を修復しようかと思っていたと伝えたが、あれは正しくはない。

子どもを見たとき、春花が一人で産み育てていたことを恨みに思っていたらと不安になったのだ。妊娠期間や新生児時期は心身ともに大変だと聞く。そんな時期を一人で頑張らせてしまった。

どんなに大変だったろう。体調不良でつらいときもあったろう。精神的に不安で堪らなくなったりもしたのではないか。

一人で乗り越えたのだ。なんてすごいのだろう。

もちろん、母親や妹の助けもあったろう。それでも、今まで一人で頑張らせてしまったことが罪悪感として重く圧しかかる。

子どもがいるのだから結婚を急ごう。そんな言いかたが正しかったかは疑問だが、急いだほうがいいのは間違いではない。

——たとえ子どもがいなくたって、プロポーズをするつもりだった……。

今度こそ絶対に離さない。そう自分に誓って、戻ってきたのだから。

「……そうだ、そうだよな……」

ふと思いついたことが口をついて出る。秘書に「なにか？」と問われたが「独り言だよ」で済ませた。

春花とシッカリ将来のビジョンを築いていくためには、かつて別れる原因となった事柄のわだかまりを払ってやる必要がある。

立場が違うとか釣り合わないとか理由をつけながら、京極の両親の反対を一番気にしていた。

今や結婚に対してなんの口出しもしないだろうことは確実だが、春花は不安かもしれない。海花のことを話して両親を納得させたうえで会わせてみるのはどうだろう。

両親から結婚を認める発言があれば、春花も安心するのではないだろうか。

とはいえ、いきなり会わせるのは春花の負担が大きい。ひとまず、会ってみないかと話をして心の準備をしてもらって……。

「今日は……どのくらいの時間に仕事が終わる？」

「珍しいことをお聞きになりますね。いつもどおり、ＣＥＯ次第です」

返事はすぐに返ってくる。海翔は気合いを入れるように両手で膝をパンッと叩いた。

「よし、休憩はナシだ。大切な用ができた。急いで仕事を片づける」

「かしこまりました」

車のスピードが、制限速度いっぱいまで上がった。

＊＊＊＊

「さぁいたぁ、さぁいたぁ、ちゅうりっぷのぉ……はな、がぁ～」

ゆっくりとした音程、たどたどしい歌いかたでも、海花が歌っているだけで世界一の歌声に聞こえる。

歌いながら白い紙にクレヨンでチューリップを描く海花の隣に座り、春花は赤く塗られていく紙をぼんやりと見つめていた。

唯花の様子がおかしい原因はわかったし、メンバーと仲直りすれば元に戻るだろう。しかし気まずい別れかたをしたままだ。

あのあと、落ち着いたら連絡してねとメッセージを送ったが、既読もつかないまま……。

春花はずっと心がざわめいていた。唯花が気の迷いで出したと思われるセリフを、真剣に考えようとしている自分がいるのに気がついたからだ。

――海花はお姉ちゃんの子どもにしちゃえば、問題は解決でしょう？

そうしたら、海翔は春花のそばにいてくれる。もう自分の気持ちを無理やり抑えこむ必要もない。

……そんなズルいことを考えてしまう自分が……すごくいやだ。

「……ママ……はるママ」

服の袖をクイクイ引っ張られてハッとする。海花が眉尻を下げて春花を見ていた。

「……ちゅうりっぷ……」

「あ、うん……チューリップかわいいね。赤いお花描いたの？　上手だね。葉っぱさんは？　塗らないの？」

お絵かきをしているのに春花が上の空なので気になるのだろう。紙いっぱいに描かれたチューリップは花の部分だけに色が塗られていた。

葉っぱ用にと緑色のクレヨンを渡そうとするが、海花は春花を見たままさらに眉尻を下げ閉じた口を歪ませる。

「ちゅうりっぷぅ……」

　今にも泣きそうだ。花の色を塗っただけで満足だったのか、または違う色の花を描きたかったのか。春花は緑色のクレヨンをケースに戻しピンク色のを手に取る。

「じゃあ、ピンク色のチューリップ描こう。海花が今日保育園につけていったリボンと同じ色だよ」

　とうとう海花の目に涙が浮かんでしまった。どうしたのだろう。お蒲団に入る前にお絵かきがしたいと言うのでクレヨンと紙を出した。ご機嫌でお絵かきを始めたと思っていたのに。

　膝に抱き上げようとしたときインターフォンが鳴る。海花に「待っててね」と言って応答すると、カメラには海翔が映った。

『連絡なしにすまない。話がしたくて……。海花ちゃんはまだ起きてる？』

「かいちゃん⁉」

　海翔の声を聞きつけた海花が半泣きの声で叫ぶ。「どうぞ」と出入口を開錠するとほどなくして海翔が姿を現した。

「かいちゃん‼」

　春花より先に玄関に走り、海花は海翔の脚に抱きつく。海翔が抱き上げると、我慢が切れたとばかりにわんわん泣きだした。

「み、海花？」

春花は慌てて海翔から海花を受け取ろうとするが、彼は「大丈夫だよ」と小声で言って海花を抱っこしたまま靴を脱ぐ。リビングへ移動しながら優しい声で問いかけた。

「どうした、海花ちゃん。はるママに怒られた？」

「ちゅうりっぷ、ちゅうりっぷぅっ」

「チューリップ？」

「あの、チューリップの絵を描いていて、なにかしてほしかったみたいなんだけど……。わからなくて、それで泣きそうになっていたんです」

歩きながら春花が説明を加える。海花は相変わらず泣き続けていた。

テーブルにチューリップの絵を見つけ、海翔はその前に腰を下ろす。海花の頭を撫でながら絵を手に取った。

「これか。上手に描けてるじゃないか。海花ちゃんは赤いチューリップが好きなの？」

「ちゅうりっぷの、おうた、すき……」

「おうた？」

「はるママ、ヒック……いっしょに、ヒッ、おうた、うたってくれる、から……」

しゃくりあげながら一生懸命に言葉を出す海花を見てハッとする。いつも海花が歌を口ずさめば、春花も一緒に歌う。そうすると海花はもっとご機嫌になるのだ。

海花は絵を描きながらチューリップの歌を歌っていたではないか。「ちゅうりっぷ……」と愚図るように繰り返したのは、一緒に歌ってほしかったのだ。

「海花、ごめ……」

慌てて海花に謝ろうと顔を近づける。すると頬に小さな手が触れた。

「はるママ……おねつ？　くたくた？　だいじょうぶ？」

春花の頬を撫で、ひたいに手を持っていく。泣きながら下がる眉は、一緒に歌を歌って

もらえなかったから悲しくて泣いているのではない。

海花は、春花は体調が悪くて歌も歌えないほど仕事で疲れていると考え、心配してくれ

ているのだ……。

そのことに気づいた瞬間、鼻の奥がツンッとして嗚咽感が襲ってくる。春花はひたいに

ある海花の手を握り、頬にあてて頭を寄せた。

「大丈夫だよ。お熱もないよ。くたくたじゃないよ。一緒に歌えなくてごめんね、海花」

「はるママぁ……」

甘えた声を出して顔を擦りつけてくる。かわいくてかわいくて、春花は海翔の腕ごと海

花を抱きしめた。

しばらくそのままの体勢でほんわりとした幸せを感じていたが、くすーくすーと長閑《のどか》な

息遣いが聞こえはじめる。

見ると、海花が眠ってしまっていた。

「もう寝る時間だったんだろう？　泣いたし、眠くなったんだろう」

海翔がゆっくりと立ち上がる。「寝かせてくる」と寝室へ入っていった。

テーブルに目を移し、チューリップが描かれた紙を見つめる。クレヨンが何本かケースに戻されないまま出しっぱなしになっていた。よく見ればオレンジ色のクレヨンは春花が座っていた場所に置かれている。

海花は春花にも「かいていいよ」とクレヨンを置いてくれていたのだろう。考え事をしていたばかりに、歌どころかクレヨンの存在にも気が回らなかった。

「……ごめんね……海花」

オレンジ色のクレヨンを手に取り、海花の赤いチューリップに寄り添わせるように簡単にチューリップを描く。

楽しそうに「もっとおおきくかかなきゃだめだよ」と笑う海花が想像できて、また鼻の奥がツンッとした。

寝室から海翔が出てくる。ゆっくりと引き戸を閉め、静かに春花のそばに腰を下ろした。

「ちゃんと寝てる。大丈夫だ。春花は、大丈夫か？」

ポンッと春花の頭に海翔の大きな手がのる。急に情けなさが湧き上がってきて、春花は

そのまま頭を下げた。

「すみません、海翔さん。来た早々、お騒がせして」

「謝らなくていい。小さな子どもが愚図るなんて当たり前のことだろう？」

「わたし……考え事をしていて、海花の様子をちゃんと見ていなくて……」

海翔の手が離れる。でも、春花は頭を上げられない。

「ときどき……海花がなにを望んでいるのかわからないときがあるんです……。なにをしてほしいのか、なにがしたいのか……」

どうして泣いてるの。どうして怒ってるの。なにがいやで愚図ってるの。海花と暮らしはじめて、何度もそういった場面にでくわした。

どんなにかわいい姪っ子でも、心の中すべてがわかるわけじゃない。

二歳後半にもなればある程度の意思疎通はできても、気持ちや行動をハッキリと言葉にしてくれるわけではないので、結局わからないまま終わることはよくあった。

そんなとき、いつも思う。

――本当の母親なら、わかるんだろうか……。

血は繋がっていても、本当の母親ではないから、海花の気持ちがちゃんとわからないのだろうか……。

「……他人じゃないのに……ちゃんと血が繋がった間柄なのに、ましてや一緒に暮らしてるのに……。なにを望んでいるのか、気持ちがわからないなんて、情けないですよね……。すみません、本当に」

顎に海翔の手がかかる。ゆっくりと顔を上げさせられ、春花を見つめる視線と視線が絡んだ。

「わからないときもあれば、わかるときもある。それが普通じゃないのかな。……母親だからって、子どものことをすべて理解できるわけじゃない。子どもはプログラミングされたロボットじゃない。わからないときがあっても当然だ。そうだろう？」

「海翔さん……」

「俺なんて、いまだに両親に『おまえが考えていることはわからない』って言われる。反対に親がなにを考えているのかわからないときもある。長く暮らしている親子だって、そういうものだろう。……海花は小さいから、親がちゃんとわかってあげなくちゃいけないって気負う気持ちは理解できるが」

顎から海翔の手が離れる。春花の顔はうつむくことなく、そのまま彼を見つめた。

「……すまない。春花がそうやって、悩み考えながら海花を育てているのに、俺は今までなにもしてやれなかった」

「いえ……！　それは……！」

海翔が謝ることじゃない。むしろ謝られては困る。

海翔が春花の手を取り、両手で握りしめる。

「これからはともに悩み、考えよう。今までなにもできなかったぶん父親として頑張るし、なにより、春花と一緒にいたい。本当なら今すぐ一緒に暮らしたいくらいだ」

「それは……、気が早いです」

「早いとは思わない。けれど、春花の気持ちを考えればいろいろとわだかまりはあると思う。それで、わだかまりをひとつ解決するために、京極の両親に会いに行かないか？　今夜はそれを言いにきたんだ」

予期せぬ提案に息が止まる。結婚となれば避けては通れない道なのだろうが、こんなに早く言われるとは思ってもみなかった。

海翔は海花を自分の子どもだと信じているからそんな考えに及ぶのだろうが、春花のほうは解決しなくてはならない問題が山積みで、そこまで頭が回らない。

「でも、わたしは……」

「両親は、俺の結婚に口出しはできない。いや、させない。それどころか、早く結婚しろだの、生きてるうちに孫の顔くらい見せろだの言ってくる。すでにかわいい孫がいると知ったら喜ぶ」

「言って……ないですよね？」

「まだ言ってはいない。会う日を決めたら、言っておこうとは思っている」

よかった。これで京極の両親に子どもがいるとでも伝わるものなら、本当に唯花が言ったことが現実味を帯びてしまう。

――――海花はお姉ちゃんの子どもにしちゃえば……。

あの言葉は、唯花の失言だと思いたい。

けれど、こんなに必死になってくれる海翔を見ていると、そうしてもいいかなと心が動きそうになる自分がいて……どうしたらいいかわからない。

「言わないでくださいね……。せめて、もう少し落ち着くまで……。わたしも、まだ覚悟ができていません……」

うろたえるあまり、こんなハッキリとしない言葉を出すのが精一杯だ。

覚悟とはなんの覚悟なのか。京極の両親に会う覚悟か、海翔と結婚する覚悟か。それとも……本当に海花を自分の子どもにする覚悟なのか……。

「わかった」

海翔はおだやかにうなずいて春花を見つめる。頬を撫でて、顔を近づけた。

「俺も急ぎすぎているのかもしれない。海花ちゃんのことを考えるのも大切だが、春花の気持ちを大切にしたい。両親に会うのはもう少しあとにしよう。でも……あまり焦らさないでくれ」

吐息が唇にかかる。あっと思ったときには海翔の唇が重なっていた。

顔の向きを変えながら唇を吸われる。触れる唇の柔らかさが心地よくてうっとりしてしまう。唇を押しつけられるままに身体がうしろへ倒れかけて、両腕で後ろ手をついた。

「……春花」

唇から吐息と一緒に漏れる囁《ささや》きが蕩けるくらい甘い。こんな声で呼ばれたら力が抜けてしまう。脱力して、このまま倒れてしまったら……。

海翔の身体が重なってきたら……。きっと、拒めない……。

彼を受け入れる心の準備がゆるやかに整ってくる。海翔にそれが伝わるのか、後ろ手をつく春花の腕を掴んで離れさせようとする。

鼓動が大きくなって、自ら手を離そうとしたとき……。

ガタンッ……と、寝室の引き戸が揺れる音がした。倒れかけていた二人が反射的に起き上がり身体を離す。同時に視線を引き戸へ向けた。

ゆっくりゆっくり引き戸が開く。十センチほど開いた引き戸の向こうで、海花がうつ伏せになっている姿が見える。

「み、海花っ」

慌てて海花のそばへ行き抱き上げる。薄く目が開いているような、いないような。寝ぼけているらしく、両腕で春花にギュッと抱きついてきた。

「……はるママと、ねゆ……」

寝ぼけながらも、一緒に寝てアピール、である。

くすぐったくなりながらも苦笑いで海翔を見ると、彼も察したらしく諦めた顔でクスリと笑った。

「今日のところは、海花ちゃんに譲るか」

四つん這いで寄ってきて、春花の唇にチュッとキスをする。

「続きは、また今度」

「続きって……」

「駄目？」

「……駄目って言ったら、どうするんですか？」

海翔は立ち上がり、自信ありげに胸を張る。

「言われると思ってない」

「海翔さんっ」

呆れた声を出しつつ、春花は笑ってしまう。

明言はしなかったが、春花も、駄目と言うつもりはない。……きっと、言えないだろう。


翌朝、唯花からメッセージが入っていた。

〈ごめんね。また連絡するから〉


昨日の発言に対する言葉はなにもなかったが、唯花が後悔していると信じたい。

そう思わなくては、してはいけない選択をしそうになる誘惑に勝てない気がした。

そして、海翔に海花が二人の子どもではないと言えないまま、再会してから一ヶ月が過ぎたのである――。

第三章　二度目の蜜夜とあと少しの勇気

「うみーーーーーー」

　臨海副都心、ウォーターフロントとして有名な公園には長さ八百メートルにも及ぶ人工砂浜がある。

　湾の入り江で波もほぼなく、水遊びや浜遊びにはもってこいだ。

　ほどよく吹く風が心地よい十月。快晴の土曜日。こんな場所を二歳後半の幼児が見て、心躍らないはずがない。

　海花ももちろん例外ではない。ビーチの向こうに大きく広がる海を見た瞬間、砂浜に向かって走りだした。

「みっ、海花っ、走っちゃ駄目っ」

　とは言うものの、視界では高校生らしきカップルが浜辺を笑いながら追いかけっこするという、なにかのドラマやら漫画やらで見たような光景が展開されている。そんなところで「走っちゃ駄目」と言っても「はしってるひとがいるよ」で終わってしまう。

気持ちは春花にもわかるのだ。だが、ただでさえ慣れていない砂浜で小さな子どもが走ったりしたら、転んでしまうのが目に見えているではないか。

慌てて海花を捕まえようとしたが、春花が砂に足を取られてしまった。

「あっ……！」

ぐらっとバランスを崩し、これは自分が転んで恥ずかしくなるパターンかと頭をよぎったが、そばにいた海翔が春花の身体を片腕で支え、おまけに海花まで摑まえてくれた。

「かいちゃん、うみぃー」

もちろん海花は文句を言う。海翔は海花を摑んだまま落ち着いた声で言い聞かせた。

「いきなり走っちゃ危ないだろう？　転んでしまうよ」

「はるママみたいに？」

「そうそう」

「転んでませんっ」

割りこんでひと言物申すものの、胸の下に海翔の腕が巻きつき、まるでかかえられているような体勢。危なく転ぶところでしたと言っているようなものだ。

「さすがに疲れたか？」

海翔の腕が離れ、春花はハアッと息を吐きながら背筋を伸ばす。

「ちょっとだけ。予想外にブロック遊びが楽しくて……」

先程まで、近くにある世界的に名の知れたブロックメーカーのディスカバリーセンターにいた。子どもばかりではなく大人も楽しめる施設だと聞いていたが、海花はまだ小さいし行ったことはなかったのだ。

休みの日に三人で行こうと提案してくれたのは海翔だった。今まで三人ですごすことはあっても、食事に行ったり買い物に行ったり程度だったので、こういった施設に遊びにくるのは初めて。

お出かけにテンションが上がった海花と同じくらい、春花も施設でテンションが上がっていたような気がする……。

（ハシャギすぎたかも……ちょっと恥ずかしい）

幼いころに遊んだことのあるブロックだが、どちらかと言えば男の子のオモチャ、というイメージがあり、それほどのめりこまなかった覚えがある。

大人になってやってみると、いろんな角度からの発見があって楽しい。……楽しすぎた。

「面白いね～、セット買っちゃおうか～」と海花にかこつけて、ショップでブロックのセットを購入してしまったくらいだ。

ふと、海翔と手を繋いでいる海花が未練たっぷりな顔でビーチを見ているのが目に入る。

海翔も気づいたのだろう。海花を抱き上げると肩車をした。

「よしっ、海にさわってくるか」

「いいの？」

海花はパッと笑顔になり、海翔の頭を両手で摑んで顔を覗きこもうとする。

「いいよ。波打ち際まで連れて行ってあげるから。そこで少しだけ水にさわらせてあげる。走っちゃ駄目だ。約束できる？」

「するぅ。わーい、かいちゃん、ありがとぅ」

海翔は春花に顔を向け、片手を顔の前に立ててお願いポーズを作る。

「それならいい？」

「海花をその気にさせて『駄目』って言えるわけがないじゃないですか」

「よぉし、はるママのお許しが出たぞー」

「わーい、ありがとう、はるママ」

嬉しさのあまり肩の上で跳ねそうになっている海花をシッカリと押さえ、海翔が砂浜を歩いていく。海花かわいさで独断せず、春花にも意見を聞いてくれたのでよしとしよう。

……駄目とは言えない雰囲気を作ってから聞かれたような気がしないでもないのだが……。

「いいなぁ、お父さん、ぼくもあれやってー」

近くで聞こえた声のほうを見やると、小学校低学年くらいの男の子が父親になにかをせがんでいる。男の子が指さしているのは海花を肩車した海翔だろう。

「ええっ、あれ肩痛いんだよな……。おんぶでいいか？」

「ええーっ！」

「おまえ大きいから無理だって」

「あれがいいー」

男の子は不満そうに肩車をねだる。そこに助け舟を出したのは母親だった。

「あのね、ああいう絵になる大技はね、あの女の子のお父さんみたいに、背が高くてスラッとしてるイケメンのカッコイイお父さんじゃないとできないの。そうじゃないと絵にならないでしょう。だから、うちのお父さんじゃ無理」

「そうかぁ、じゃあおんぶでいいよ、お父さんっ」

「お……おうっ」

男の子は素直に諦めたものの、父親はどうもその理由に納得しがたいようだ。それでも男の子をおぶり、張りきって砂浜へ走っていく。

「転ぶんじゃないよー」

手を振って二人を見送った母親が、くるっと春花のほうを向く。ジロジロ見て失礼だったかもしれないと思いさりげなく視線を外そうとしたが、母親はニコニコしながら近寄ってきた。

「こんにちは～。お宅の旦那さん、すごいですね～。肩車なんて小さい子どもでも首が痛くなるのに」

「そ、そうなんですか……。あ、わたし、やってあげたことがないので……。あ、こんにちは」

話しかけられただけでも驚くのに、お宅の旦那さん、の言葉に動揺する。こういう場合、話しかけられたほうも挨拶は返したほうがいいのかと、最後に付け加えた。

近くで見るとずいぶん若い母親だ。もしかしたら唯花と同じくらいかもしれない。

「あの、でも、おんぶして走るって力もいるし大変ですよね。わたしも、おんぶくらいならできるんですけど」

「運動にちょうどいいですよー。最近下っ腹出てきたし、息子おぶって歩けって感じ。それに比べてお宅の旦那さん、スタイルよくてかっこいいですね〜。体脂肪率一桁っぽい。うちのにも見習わせたい」

「それでも、息子さんおぶってあれだけ走れるのはすごいですよ」

父親は息子をおぶって砂浜を駆けぬけていく。戦隊ヒーローの名前らしきものを叫びながら走り、ときどき立ち止まってアクションをするので、どうやら男の子が好きな戦隊ヒーローの真似をしているらしい。

もちろん男の子は大喜びだ。肩車を妥協したことなど忘れているかのよう。しかし慌てたのは母親である。

「なにやってんのっ！　もー、恥ずかしいなぁ！」

母親の声を聞いて、マズイと言わんばかりの顔をしたのは父親である。そのせいで調子が狂ったのか砂に足を取られて派手に転倒してしまった。

「ちょっ、ちょっと！　大丈夫⁉」

母親が慌てて駆け寄っていく。父親は前のめりに転倒したが、上手く片手をついて男の子の落下は防いだようだ。砂の上に二人で座って「転んじゃったなー」と楽しそうに笑っている。

恥ずかしいなぁと怒った声を出してはいたが、本当に怒っていたわけではないのだろう。二人の無事を確認した母親も楽しげに笑った。

どこから見ても、誰が見ても、幸せそうな家族。

春花は視線を波打ち際へ向ける。そこでは肩車から下ろしてもらった海花が、おそるおそる海の水にさわって遊んでいる。そばで見守り一緒に笑う海翔は、誰が見ても父親の顔だ……。

ズキン……と、胸が痛む。

結局、本当のことはまだ言えていない。

唯花とも、あの日以来会えないどころか話もできていない。

言えない時間が長ければ長くなるほど、罪の意識も大きくなる。海翔が海花への愛情を深めれば深めるほど、苦しくなる。

海翔が春花と結婚したがるのは、海花がいるからだ。自分の子どもだと思っているからこそ、早く家族になりたがっている。

もし海花が、自分の子どもではないと知ったら……。

失望して、春花にも興味はなくなってしまうのではないだろうか。もしかしたら騙していたことを怒るかもしれない。今度こそ、永遠に会えなくなるかもしれない。

それどころか、結婚目当てで嘘をついていたと誤解をされたら、悲しい……。

海翔と再会して、こうして一緒にいられるのが嬉しい。もう彼を失いたくない。そのためには、この嘘をつきとおすか……。

それとも、海花を……。

「はるママー」

かわいい声に意識を引き戻される。満足したのか、海花が海翔に抱っこされて戻ってくるところだ。

「あのね、うみ、うごいてた」

興奮気味に報告してくれる。さざ波のことを言っているのだろう。寄ってくる波は、自らの意思で動いているように感じたのかもしれない。

「あのね、みかのおなまえと、かいちゃんのおなまえ、おそろいだよ」

「お揃い？」

「うみ、っていうかんじがはいってるんだって」

海花は海翔と顔を見合わせて嬉しそうに笑う。春花だけが、胸をチクチクと針で刺されるような痛みを感じた。

春花は話題を変えようとするかのよう、腕時計を見る。

「そろそろ、実家に向かわなくちゃ。母が痺れを切らしちゃう」

「そうだな。予定時間より早く着いたほうがお母さんも喜ぶだろう」

「ママ、プリンつくってくれるっていってた」

嬉しそうに言葉にする「ママ」は春花の母のことだ。今日はときどき実施される、海花が実家にお泊まりの日、なのである。

たいていは唯花が稽古もライブもなにもない、完全フリーを取れる休日前に予定される。そうすれば、仕事が終わってから実家へ行き、まる一日と二晩、海花とすごせる。

そう予定は立てるものの、急な仕事が入ったり打ち合わせが入ったりして半日だけ、一晩だけ、ということもよくある。

今回は、どうだろう……。

「洗い場で手を洗ってこよう。手を洗ったら、ママのところへ行くからね」

海翔に言われ、海花はハッとして春花に顔を向ける。

「またこようね。こんどは、かいとる」

「かい？」

なんのことかわからないといった顔をすると、海翔が補足してくれた。

「ここ、春から夏のあいだ、潮干狩りができるんだ。それを教えたら貝採りたいって」

その説明に気をよくしたらしく、海花の希望は続いた。

「あとね、はしがひかるのみるの。あと、たわぁ」

「はしがひかる？　レインボーブリッジのことかな？」

これはなんとなくわかる。実際、ここからレインボーブリッジが見えるし、ひかる、はライトアップのことかもしれない。

やはり海翔の補足が入る。

「夜になったらそこの橋がライトアップされて、その向こうにもライトアップされた東京タワーが見えて綺麗だよ、って言ったら『見たい見たい』って」

「かいちゃんとはるママは、みたことあるんだよね。いいなぁ」

純粋に羨ましがっているようだが、春花はドキッとしてしまった。

見たことは、ある。海翔とつきあっていた学生時代。この公園の遊歩道からライトアップされた夜景を眺めた。

周囲にはカップルも多く、ロマンチックな雰囲気も手伝って……。思えば、初めてキスをしたのがあのときだった。

照れくさくも大切な思い出。もしかして海翔もそれを思いだして海花に話したのかと深読みしてしまう。

彼は微笑んで春花を見ている。胸の内を悟られているような気分でむず痒い。

「光る橋は近いうちね。潮干狩りは来年だな……。でも必ず貝を採りにこよう」

「わーい」

海花を納得させ、再度春花に手を洗ってくる旨を告げて海翔が洗い場へと歩いていく。

「来年……」

ふと口をついて出た……。

来年。この関係は、どうなっているのだろう。

一緒に潮干狩りに、こられるのだろうか。それとも……。


海花を実家に送り届けたのは、もうすぐおやつの時間というタイミング。

到着早々、母の「プリンできてるよ」の言葉に、海花は大喜びで手を洗いに走っていった。

本日は海翔の車で移動していたので、もちろん彼も一緒に実家へ行った。海翔としては母に早く挨拶をしたいようだが、この件についてはお出かけの予定を立てたときに彼から辞退を言い出した。

『海花ちゃんを送ったついでに、とかじゃなくて、きちんとした形で挨拶をしたい。春花が大変だった時期になにもできなかったことを謝りたいし、支えてもらったお礼もしたいから。そのためには春花の許可が必要だと思っている。春花が、お母さんの前に出てもいいと言ってくれたら、すっ飛んでいく』

母には海翔と再会したことを伝えてある。やり直したいと言われていることも。「春花の人生なんだから、春花が決めていい」と言われているので、本当ならすぐに会わせてもいいのだ。

海翔と別れて、彼を忘れようと懸命に仕事に打ちこんでいたことを母は知っている。引きずっていた想いが今度こそ成就しそうだとなれば、母は喜んで海翔を受け入れてくれるだろう。

だが、問題がある。

海翔が海花を自分の子どもだと信じていることを、話していない。

さすがにそこまで言えなかった。唯花も言っていないらしく、海花を送っていったときも母はいつもと変わらない笑顔で迎えてくれた。

この誤解をなんとかしないことには、海翔との関係は一歩も進まないだろう。

「予約したディナーまではまだ時間があるけど、どこか行きたいところはある?」

走る車の中で聞かれ、春花は首をひねる。

「行きたいところはさておき、ディナーを予約してるっていうのも初耳ですが……」

「予約しないはずがないだろう。海花ちゃんを送ったあと、もしかしてすぐ帰ると思っていた?」

「即解散かと……」

「せっかく二人きりになれるチャンスなのに?」

ドキリとした。助手席で言葉を失っていると、信号待ちで停まった隙にひたいにチュッとキスをされる。

「子どもがいたって、俺は春花とデートがしたい。駄目?」

「駄目では……ないです……」

うろたえつつも即答した言葉に、海翔は満足そうに微笑み視線を前へ戻す。

(びっくりした……)

高鳴る胸を密かに押さえる。

不意打ちでひたいにキスをされたのにも鼓動が速まるが、駄目かと尋ねる海翔の表情が妙に艶っぽくて心臓に悪い。

休日に三人で遊びに出かける、というシチュエーションだけでも、家族みたいでドキドキしたのに。今度は二人でデートだなんて。

（よけいにドキドキする……）

チラリと海翔を見ると、彼もこちらを見ていて視線が絡む。慌てて前を向き、苦し紛れに言葉を出した。

「前見てくださいっ。信号変わりますよっ」

「春花の顔が見たくて。つい」

「危ないですよ」

「春花は、どうして俺の顔を見た？」

言葉が出ない。たまたまだとごまかしておけばいいのに、本当のことを言ってもいいだろうかと思う自分がいる。

「ど……どんな顔してるのかなって……」

「ウキウキしてニヤけないように表情筋と闘ってる」

海翔は冗談めかして笑うが、ニヤけないように表情筋と闘っているのは春花も同じだ。なんだろう。すごく、こんな感覚が懐かしい……。

「初めてデートしたときみたいだ」

懐かしむ彼の言葉に惹《ひ》かれて顔を向ける。嬉しそうに微笑む海翔に戸惑いを撃破され、気持ちのままに抱きついてしまいたくなる。

「ディナーで帰れると思うな」

妖しく囁く唇が、彼の表情に見惚れて半開きになった春花の唇に触れる。

閉じることを忘れた目が、海翔の顔のうしろに赤信号をとらえ、青にならなきゃいいのにと、目の前の幸せに酔いたがる自分を感じた。

ディナーまでの時間、二人は海翔の希望で百貨店へ向かった。

春花が勤める会社のベビー商品、とりわけアパレル系の品物が見たいと言うのだ。

どうやら春花がかかわった商品が実際に並んでいるのを見て、その成果を肌で感じたかったらしい。

ベビー服や小物、幼児服のコーナーで、春花が企画デザインまで進めた品を手に取っては感動に打ち震える。これが、やり手のＣＥＯだと誰が想像できようか。

……子どもに買っていこうかと見ているうちに、その服を身に着けた姿を脳裏に描いてしまい、あまりのかわいさに震える子煩悩な父親。……にしか見えない。

挙句の果てに「春花が生み出したものはすべてが宝物だ。保存用にする」と言って、それらの商品をすべて購入しようとした。

……もちろん、必死に止めたのである……。

そのあとは、たまたま見つけた江戸切子展を見て歩き、その流れで食器の専門店へ行く。特になにか買いたいわけではない。いろいろな品を見ながら二人で話をするのが楽しい。

結局、食器専門店では大中小が揃いになった茶碗《ちゃわん》を購入した。海翔が春花のところで食事をするとき、いつもスペアの茶碗なので彼用のものが欲しかったのだ。

それならひとつだけ購入すればいいところ、大中小を三人で使いたいというのが海翔の希望だった。……もちろん購入したのは彼なので、春花としては「駄目」とは言えない。

とはいえ、三人で揃いの茶碗を使うのは罪悪感がありすぎる。

「こういう本格的な焼物のお茶碗は海花には早いです。ちょっと大きいし、今はお気に入りのキャラがついたお茶碗を愛用しているので、使わせるのはもう少しあとにしましょう」

せっかく喜んで選んだのに申し訳ないとは思う。しかし海翔は前向きに納得してくれたのである。

「そうか、年齢に合った身の回りのものを選ぶのは大切なことだ。気に入っているものがあるのに、それを取り上げるようなことをしてはいけないな」

非常に、物わかりがいい。

この人は、充分に〝いい父親〟になれる人だ。実際、そうなれるよう頑張っている。

そう思うと、切ない……。

ディナーの予約時間に合わせて移動したのは、三人で遊んだウォーターフロントにある高級ホテル。……の、ロイヤルスイートルームだった……。

ダイニングルームに置かれたテーブルは、二人で使うには申し訳ない大きさがある。そこに所狭しと並べられた料理の数々とシャンパンクーラー、そしてムードを盛り上げますと言わんばかりにバラのアレンジメントとグラスキャンドルが飾られていた。

「ゆっくりしたいし、部屋にディナーの用意をしてもらった。そのほうが食事をしたあとに移動する手間も省けるし、酔っぱらっても大丈夫。それに……」

入室した部屋で呆然とする春花に、海翔は車の中でも見せた艶っぽい眼差しで顔を近づける。

「ディナーのあとで、春花に逃げられないようにと思って」

「別に……逃げませんよ」

「本当?」

「……ディナーで帰れると思うなって……言ったじゃないですか」

あのセリフを聞いたときから期待していましたと言っているようなものだが……、そう思われてもいい。

海花を実家に送って即解散だと思っていたというのは嘘だ。本当は、少なからずとも期待をしていた。

再会して初めて、二人きりですごせる時間ができると……。

「春花」

海翔の手がフェイスラインにかかる。かたむけられるまでもなく自分から顔を向けると、唇同士が重なった。

腰を抱き寄せられくちづけが深くなる。口腔内の熱から伝わってくる昂《たか》ぶりが、このままお互いを求めたいと欲望を伝え合う。

しかしそれをセーブしたのは海翔だった。彼は唇を離すと、続きを期待して半開きになりかけた春花の唇を中指で撫でた。

「続きは食事をしてからにしよう。相変わらずがっつく男だなと思われるのもなんだし」

「そんなこと……思いませんよ。相変わらずなんて思うこと、海翔さんはしないじゃないですか」

普段は海花もいるから、必要以上に密着することはない。海花を寝かしつけたあとにキスをすることはあっても、毎回そこで終わっていた。

「まあ、でも、初めて春花を抱いたときは途中から抑えが利かなくなった自覚はあるし。だから海花ちゃんができたのかな……とか思う」

「なっ……」

これはちょっと恥ずかしい。そして返答に困る。思い出になっているそのときの光景が浮かんできそうになるのだ。

「お、抑えが利かなかったから……忘れたんですよね」

よみがえりそうになる記憶を振り払い、春花は動揺を悟られまいと話を繋げる。肝心な単語を口にできなかったせいで海翔に不思議そうな顔をされた。

「忘れたって、なにを？」

「……アレです……ひ……避妊……」

「したけど」

「えっ⁉」

海翔から目をそらしてやっと口にした単語だったが、アッサリと返された言葉に驚き視線が彼に戻った。

再会したときに、疑いもなく海花を自分の子どもだと信じた。間違いないと確信したということは、子どもができている可能性があったと自分で認めているからではないのか。

避妊をしなかったから子どもができた。だから、別れたあとに春花が一人で産んだと海翔の中で確定事項になったのでは。

「避妊は間違いなくした。あのとき、春花は恥ずかしがって顔をそらしていたから気づかなかったかもしれないが、しっかりつけた」

「で、でも、それなら、どうして自分の子どもだって……」

そこまで口にしてハッとする。もしかして海翔は、本当は海花を自分の子どもだとは思っていないのでは。別れてから春花が他の男と作った子どもだと考えているのではないのだろうか。

しかし一人で育てているということは、結婚はしていない。その男と別れたか捨てられたかしたに違いない。春花がそんな目に遭ってしまったのは自分と別れたせいだ。あのとき無理やりにでも海外赴任に連れて行って結婚していれば、春花がこんな目に遭うことはなかったのに。こうなったら子どもを自分の子どもだとして春花を取り戻すしかない！

——と、考えたのでは……。

一秒もかからず海翔の思考が想像できる。チーンと電子音をたててその答えが脳内で成立するが、すぐにその推測は音をたてて崩れた。

「まあ、避妊っていうものは一〇〇パーセントじゃない。それがそのときだっただけだ」

「……は？」

「その結果、あんなにかわいい子が生まれてきてくれた。俺は嬉しい。春花一人に大変な思いをさせてしまったことは、一生をかけて償うつもりだ」

「疑ったりは……。あの……自分はちゃんと気をつけたのに子どもがいるということは、つまりわたしが……」

「春花が俺以外の男に抱かれるはずがない」

海翔はきっぱりと言いきる。……言いきりすぎている、というか、一切の迷いがない。間違いないと、断言するように。

「……はは……」

思わず乾いた笑いが漏れた。それはすぐに楽しげなものに変わる。

「なんですかあっ、その自信っ」

「俺と別れて、春花が結婚もしないで一人で頑張っているとわかったとき確信した。春花は俺を待ってくれていたと」

彼は大真面目だ。笑っては申し訳ないとは思うが、どうしても止められない。

おかしくて笑ってしまうのではない。……嬉しいのだ。

こんなに断言できるほど、春花を想い続けてくれていたことが、とても嬉しい。

「春花は？」

笑う春花に顔を寄せ、海翔が問う。

「春花は、俺が結婚しているだろうとか恋人がいるだろうとか思っていた？」

笑っていられない質問が繰り出され春花の笑いはおさまるものの、今度はその答えづらさに戸惑いが生まれる。

「それは……海翔さんは、大きな会社の跡取りだし……」

ここで、そんなことは一切思っていなかったと答えれば、海翔は喜んでくれるだろう。

春花も海翔を信じていたのだと感動して、このままベッドルームへ直行かもしれない。

けれど、そう答えるのはかえって嘘っぽい気がした。

「家柄的にも釣り合いの取れる、綺麗な女の人と一緒にいるのかもしれないって……思っていました。わたしはともかく、海翔さんは、そういったことをちゃんと考えなくちゃならない立場の人だから……。ご両親も、そういう手配をしたでしょうし……」

海翔の腕が身体に巻きつき、優しく抱擁される。長閑な声が頭上で響いた。

「残念でした。ずっと必死に仕事ばかりしていた。春花の言うとおり、父はそのつもりだったみたいだけど、そんな暇はないって怒って全部蹴った」

「本当ですか？」

「疑う？」

「少し」

海翔は春花の身体を離し、ちょっと挑発的な顔をする。

「よし、それじゃあ、食事をしながら俺の海外での武勇伝を聞かせてやる。たくさんあるからな、口を挟む暇なんかない、覚悟して聞け」

「そうしたら海翔さんが食べる暇がないじゃないですか」

「それは困る」

海翔にテーブルへうながされ、二人で笑い声をあげる。おだやかに食事が始まり、本当に海翔は食べ終わるまで喋り続けた。

食事も終えてシャンパンもシッカリと飲んだのである。


「海花に怒られそう……」

ベッドルームの窓から夜景を眺め、春花はポツリと呟く。

春花の口からこぼれた独り言を海翔が聞きつけてきた。

「どうして?」

彼がうしろに立った気配がする。両肩に大きな手がかかり、その感触だけでタオル一枚の身体が歓喜して粟《あわ》立つ。

どれだけ海翔に抱かれることを心待ちにしていたのだろう。反応してしまう自分が恥ずかしい。

「光る橋とタワー、ここからも見えるから」

窓の外にはライトアップされたレインボーブリッジや東京タワーが見える。きらびやかな夜景は夜空までも照らし、深い藍色のグラデーションを作り上げる。それが海に落ちて夜空が二つあるようだ。

「そのうち、海花ちゃんにも見せてあげよう」

髪を左肩に寄せられ、うなじに海翔の唇が触れる。入浴後の肌はまだほんのりとあたたかいはずなのに、彼の唇のほうが熱くて小さく震えた。

肩にあった手が前に回りタオルの上から大きく胸をまさぐる。喉を鳴らして身をくねらせると、海翔が密着して両胸のふくらみを揉み上げた。

「ぁ……ぅゥン……」

甘えた声が出てしまう。海翔が顔を寄せてきているのに気づいて春花も顔をかたむけると、唇が重なりすぐに舌を搦《から》め捕られた。

肌を隠していた唯一の布が足元に落ちる。背中に海翔の肌を直に感じて、皮膚が触れ合うことにさえ感情が昂ぶる。

「ン……ふぁ、ぁん……」

右手を海翔の頭に回し、さらに深く唇を繋げる。もう片方の手は胸のふくらみを大きく回し揉む彼の左手に添えた。

腰のあたりに感じるタオル生地はシャワーのあとに海翔が腰に巻いて出てきたものだ。今回も入浴は別々だった。彼の本音は一緒に入りたい、だったのだが、三年半以上あいてからの「二回目」なので春花が恥ずかしいだろうと気を使ってくれたらしい。

……これは、ありがたかった。

海翔の右手が胸から離れ春花の腹部を撫でる。下腹部から円を描くようにたどられて、ドキリと罪悪感が動いた。

お腹が大きかった春花を想像しての動きではないかと感じたのだ。

「かい……とさ……」

彼の頭から手を離し、腹部にある彼の手を摑む。ごまかすように手を下に押しやった。

「こっちがいい？」

海翔は春花がさわってほしいところに手を持っていったと思ったようだ。しかしその手が移動したのは恥丘の下。春花の大切な部分を覆う柔らかな肉を揺り動かし、躊躇なく秘唇の裂け目にもぐりこんだ。

「ぁぁんっ」

「もう、ぐちょぐちょだ」

「嘘で……やぁっ……あっ！」

「嘘じゃない。……わかるだろう？」

つい「嘘」と言ってしまったが、嘘じゃないことはわかっている。秘裂の中を掻き混ぜる海翔の指が、ぐちゅぐちゅと濫《みだ》りがわしい水音を奏でているからだ。

「あっ、や……ァンッ……！」

秘部で動く海翔の手に添えた春花の指に、あたたかい湿り気が感じられる。海翔にいじられてこんなに濡れてしまっているのだと思うだけで、また蜜がしたたってきた。

もう片方の手が胸を揉み動かす彼の手を摑んでいるせいで、その動きが自分にも伝わってくる。彼の五指のあいだで柔肉が盛り上がり、こんなに強く摑まれていたら痛いはずなのにむしろ官能を刺激されている。

「ハァ……ぁ、胸……あっ……」

「ん？　もっと？」

五指を白いふくらみから離さないまま、指の間隔を狭めて頂を挟みこむ。二本の指を動かすと突起が締めつけられ刺激された。

秘裂の中で遊んでいた手が動きだし、溜まっていた蜜をあふれさせながら大きくスライドする。潤沢な蜜液のおかげで動きはとてもスムーズだ。

「あぁぁ……、や、ダメェ……」

ハァハァと熱い吐息を何度も漏らす。大きく呼吸をしていないと、この刺激に感覚のすべてを持っていかれそうになるのだ。

擦られる秘部から怖いくらいに生まれてくる官能的なもどかしさ。これは、以前経験したことがある。同じように海翔に抱かれたとき……。

「海翔さ……あぁぁ……なんか、なんか……ンン……」

言葉で言い表せない。この追い詰められていくような焦燥感は、なんだったろう。

とても甘美で、そして照れくさいものだった気がする……。

蜜にまみれて滑らかな手はお尻の窪《くぼ》みを指先で撫で、刺激を期待する膣口の上をスルーして陰核の上で折り返す。刺激的な感覚しか発生しないそこを、繰り返し擦り上げた。

「あっあ、あ……ダメ……ダメェっ……これぇ……」

あえぎに焦りがにじみ、我慢できなくて身をよじる。背筋が反るように伸びたときやっと動きが止まった。

「このままイかせたかったけど、ちょっともったいないな」

「あ、ぁぁっ……海翔さ……ん」

声が泣き声になっている。それに気づいた海翔が攻めたてていた場所から手を離し、春花の身体を反転させて向かい合わせにした。

両腕を摑んで顔を覗きこまれ、春花はわずかにうつむく。海翔の唇が目元に触れた。

「どうした？　泣いている？　ベッドの上じゃないから、怖かった？」

「すみません。違うんです。……なんか、思いだしちゃって……」

泣きそうになっていたのがバレてしまった。春花自身もまさか泣いてしまうとは考えてもいなかったのだが、どうしても涙が出てしまったのだ。

――嬉しくて……。

「初めて……海翔さんが抱いてくれたときも……、こんなふうに気持ちが昂ぶって、なにかに追い詰められるような、苦しいのに気持ちいい感覚でいっぱいになって。それを思いだしたら、なんだか涙が出ちゃって……。海翔さんにさわられているんだって思うと、嬉しくて……」

ふわりと海翔に抱擁される。髪を撫でられてうっとりしていると、涙は流れずそこにとどまって瞳を潤ませた。ゆっくりうながされ、そばに置かれた革張りのアームレスチェアに座らされた。

秘部を擦られたせいで愛液がお尻までを濡らしている。座った瞬間、くちゅり……と湿り気が広がって、ちょっとお尻をもぞもぞさせてしまった。

「春花は……嬉しいことを言ってくれる」

春花の前で膝立ちになった海翔が、両手で春花のサイドの髪を掻き上げながら微笑む。はにかむ表情が本当に嬉しそうでドキリとした。

「俺も嬉しい。また春花に触れて、こうやって昂ぶる自分を感じられている」

彼は腰を落とすと春花の両脚を自分の肩にかける。腰が上がって脚が開いたぶん、彼の目には春花の秘部が余すところなく映っているだろう。

「か、海翔さん……」

初めて抱かれたときも見られた覚えはあるが、じっくり見られるとおかしな気分になってくる。ふうっと息を吹きかけられただけで、なんとも言えない淫らな心地になった。

「春花に触れているのは俺だけなんだって思うと、俺も泣けてくる」

秘裂に海翔の唇が触れる。パクパクと食べるように動かしてから、舌で大きく舐め上げた。

「あっ、アンッ……！」

手で擦られるのとは違う、柔らかい刺激。身体の横で座面に置いていた手に力が入る。

ぬったりとした舌が蜜の海を泳ぎ熱い粘膜を舐め上げる。ぴちゃぴちゃと音をたててはズズズッと溜まった蜜を吸い上げた。

「あぁっ、あ……ンッ」

そこから流れてくるもどかしくも甘い微電流に上半身は戦慄《わなな》き、腰がじれったそうに揺れる。舌が上のほうへ行くと刺激が強くなるせいか、意識しないままに腰をずらして誘導していた。

「こっちがイイの？」

さっきお腹にあった彼の手を下にずらしてしまったときと同じく、春花が望んでいるのだと思ったらしい。海翔の舌が膣口を集中して攻めはじめる。

膣孔の入口で軽く舌先を動かし蜜液をすする。もどかしい愉悦に包まれている最中に恥骨の裏をぐりぐりと押され、強い刺激に堪らず両腿を締めてしまった。

海翔の頭を挟みこんだままモジモジと腰が動く。いきなり陰核を咥えこまれ舌を使われて、驚いた両腿が今度は大きく開いた。

「あぁあんっ、やぁっ……！」

勢いよく動いたせいで片脚が海翔の肩から滑り落ち、より開脚が広がる。

「あっ、あっ、や……やぁぁん……」

脚が開きすぎていて恥ずかしい。せめて彼の肩に戻そうとするものの、できない。脚は、秘芽に与えられる刺激に勝手に動きまわる。

とうとう秘粒に歯をたてられ、なにも考えられなくなる。ただ感じるままに快楽を受け入れた。

「やっ、あっあああ――！」

背を反らせて背もたれに頭を押しつけ、座面についた手に力が入る。秘部がピクンピクンと痙攣するのを感じながら、春花は短い呼吸を繰り返した。

「我慢限界」

脚を下ろされ、海翔が強く抱きついてくる。彼の腕の力強さに陶酔しかけたとき、そのまま抱き上げられた。

片腕で上半身を支え、もう片腕を腿の下に入れる。ぐらつかないように海翔の両肩に手を置いたが、なんだかこの体勢は海花を抱っこしているときのと似ていた。

「海翔さんって……力持ちですよね……」

「どうして？」

「海花を平気で肩車するし。今だって……」

「父親は力強いほうがいいだろう？　俺さ、小さな子どもを二人腕にぶら下げて『お父さんすごーい』って言われるのが夢だから」

「そんな夢初めて聞きましたけどっ」

「今初めて言った」

ベッドの上に寝かされ、海翔が枕の下からなにかを取り出す。腰に巻いていたはずのタオルがすでに取れてしまっていることに気づいて、さりげなく顔をそらした。

「見ておかなくていいの？」

「見るって……タオル取れちゃってるし……」

そのうちに見てしまうことはあるかもしれないが、肌を重ねるのはまだ二度目。恥ずかしさは充分に残っている。

「それは無理に見ろとは言わないけど、これ」

目の前に小さな四角い包みがぶら下がった。封を切られて本体が出かかっている。ここまで見てしまえばこれが避妊具だとわかる。

「ちゃんとつけるから。でも、また失敗したらごめん」

「も～～～～」

春花は困った声を出して両手で顔を押さえる。照れてしまったと思ったのだろう、海翔はアハハと軽く笑った。

違うのだ。どう反応していいのか、わからなかった。

前回も彼は失敗なんかしていない。それをわかっているだけに、とぼけている自分が白々しい。

（なんだか……どんどん自分を追い詰めている気がする……）

言えない言えないと、黙っていれば黙っているほど、海翔の誤解は深まっていく。それを否定しない自分の罪も深まるばかりだ。

「ほら、もうこっち向いていいから」

海翔が笑いながら春花の顔を両手で挟み、正面に戻す。彼の手首を掴んで顔の横で押さえた。

「春花のかわいい顔、見せて」

恥ずかしがる春花を面白がっているのかと思っていたが、目の前にいる海翔は愛しげな眼差しで春花を見つめている。

ひたいにキスをされ、うっとりとした心地になったとき脚のあいだに熱いものがあたる。ドキッとして両脚が固まるが、そんな反応はものともせず両膝を立てながら左右に開かれた。

「んっ……！」

膨らんだ先端をぐぶっと膣口が呑みこむ。初めてのときの衝撃がよぎってわずかに腰を引くものの、痛みのようなものはない。

「痛いとか……あるか？」

「な、ないです。……窮屈な感じは……しますけど……」

「うん……、キツイから、初めて抱いたときのこと、思いだした」

「……あれ以来……シていないので……」

ちょっと恥ずかしかったけれど口にしてみる。重なってきた海翔の唇が「俺も」と囁いたとき、熱い剛直が遠慮なく隘路を埋めた。

「あぁんっ……！」

挿入の刺激に全身が痺れる。お腹の奥までパンパンになったような充溢感に襲われるが、それになすすべもないままに剛直がゆっくりと引かれ、先端を膣口に引っかけたところで止まってまた深くまで進んでくる。

「あ……ぁぁウン……」

甘い声が出ると、大きくゆっくりとしたストロークが数回続き、侵入者に固まっていた蜜路が少しずつほぐれていく。

同じように感じかたも変わり、挿入時の充溢感は泡のように消えながらもどかしい快感へとすり替わっていった。

「ああん……海翔さ……ぁ」

腰をかすかに上下させ、両腕を彼の肩にかける。春花の片腕にチュッとキスをして海翔が困った顔で微笑む。

「もっと動いても、大丈夫？　春花を感じさせたくて……我慢できない」

自分が感じたくて我慢できないならまだしも、春花を感じさせたいという理由に照れくささしかない。そんな感情をあからさまに悟られるのもいやなので、仕方がないですねと笑ってみせる。

「そんなに我慢できない人だと、海花に怒られますよ」

「それは困ったな。お手本にならないと。……でも」

海翔は春花の横に両手をついてわずかに上半身を上げると、ぐりぐりと繋がった部分を押しつけた。

「今は、我慢しないっ」

「ぁぁっ……オク、あたってて っ……！」

抜き挿しに一定のリズムがついてくる。熱塊が行き来する蜜路は彼が与えてくれる快感に応じて蜜を吐き出し、行き来をスムーズにした。

身体を起こして膝立ちになり、海翔が春花の脚をかかえて腰を突きこむ。彼の肩に回していた手は行き場をなくし、顔の横で枕を摑んだ。

腰を上げられているせいで脚のあいだで抜き挿しされる様子が恥ずかしいほど見えてしまう。見ないと思っても視線はそこへ向いてしまっていた。

「ひゃ……あっ、あっ、やっ……ん、やだぁ……」

いやだと口をついては出るが、視界から得られる濫りがわしさはあまりにも扇情的すぎる。

突き落とされるような律動に体温は上がり続け、呼吸はあえぐごとに荒く弾む。

「はぁ、あ……あぁっ……」

「まだ出てくる……感じてくれているんだ？」

蜜洞を掻きまわす海翔には、突けば突くほどトロトロとした液体が噴き出しているのが伝わっている。感じていることを身体で示す春花を愛しげに見つめ、腰を回して蜜壺《みつつぼ》の熱さを堪能する。

「こうやって春花の熱さを感じているだけでも気持ちいいのに……、動きたくて堪らなくなる。わけがわからなくなるくらいがむしゃらに動いて、春花を感じたい……。我が儘だな」

「海翔さん……」

脚を下ろし軽く覆いかぶさりながら、海翔が胸のふくらみの上で色濃く熟した突起を手のひらで撫でる。刺激はそこだけではなく快感が最高潮になっている場所にまで伝わってきて、また腰の奥で潤いが生み出される。

片方をもどかしく撫でながら、海翔はもう片方の突起にしゃぶりつく。その状態で腰を揺らした。

「あっん、ンッ……舐めちゃ……ぁぁンッ！」

淫路に大きな刺激があるときに乳首を攻められると、腰の奥が重たくなって蕩けてしまいそう。火杭《ひくい》をずくずく打ちこまれて容赦なく快感が襲いかかってくる。

「ああっ！　ダメっ……そんなにされたら……あぁぁっ――！」

言葉は間に合わない。自分で制御することもできない。達してしまった春花はわずかに背を反らして大きく息を吐いた。

余韻でぼんやりしているところに、膨らんで大きいままのモノがずりゅっと抜け出し、その刺激で下半身がビクビクッと跳ねる。

「び、びっくり……した」

おかげで我には返ったが、海翔はアハハと笑う。

「魚みたいだな」

「だって、急に抜くから……きゃっ」

文句を言いかけた矢先にコロンと身体を反転されて、再び驚く。あまりにもスムーズにひっくり返ったので何事かと思った。

「膝を立てて」

腰を両手で持ち上げられ、自然と四つん這いの形を取った。空気にさらされると腰のあたりまでしっとりとしたものが広がっているのがわかった。

腰を上げた状態で抜き挿しされたときに、あふれた愛液がそこまで流れたのだ。気になって片手でさわると海翔が不思議そうに問いかけた。

「どうした？　腰でも痛いか？　気持ちよくて夢中で動いてたから？」

「ちっ、違いますよっ。夢中ってなんですかっ」

……動いていただろうか。確かに気持ちよさに負けて結構動いていた気もする。

「そうじゃなくて、ここまで、垂れちゃったみたいだから……」

海翔はすぐにその意味を解したようだ。春花がさわっていたところを指でちょんちょんとつつく。

「気になる？」

「少し。こんなところまで垂らしちゃって恥ずかしいなって」

「じゃあ、綺麗にしておこうか」

「え？　ひゃっ……！」

愛液で湿った部分に海翔の舌が這い、まさか舐められると思っていなかった春花は前を向いたり振り返って海翔を見ようとしたりおたおたしてしまう。

「海翔さん、いいですよ、そんなところ……」

「垂れたのは俺の責任だし」

「そんな義理堅い……ひぁゃぁぁっ……」

我ながらおかしな声を出してしまった。背中が引き攣《つ》ってお尻に力が入る。海翔の手が垂れ落ちた軌跡を確かめるように、お尻の谷間をなぞったのだ。

「海翔さっ……あっ！」

生あたたかい舌がぬめりをたどって這っていく。腰からお尻の谷間へもぐり、両手で尻肉を広げられてそのままくねくねと揉まれた。

それがまた、くすぐったいような気持ちがいいような。おかしな電流が走って腰が左右に揺れる。

「あっ、あ……ダメェ……」

花道のごとく中央で一本の道になっているところを舌が繰り返し上下する。見られるのも恥ずかしい小さな窪みの上を通っていくたびに、腰がピクンピクンと震えてしまった。

やがて舌は秘部の蜜だまりで遊びだす。ぴちゅぴちゅと楽しげな音をたてて舐めすすった。

達したあとのやわらかな快感が心地いい。脱力して崩れてしまいそう。

しかし海翔は春花と反対らしく……。

「駄目だ、ごめん春花、もう少ししてあげたいけど俺が限界」

「え？　あぁんっ！」

なにかと思った瞬間、大きな挿入感。うしろから剛強がズンッと隘路を貫く。

パンパンと肌をぶつけ合いながらの激しい出し入れに、ふわっとした心地よさは吹き飛び再び快楽の渦中に放りこまれた。

「あぁあっ！　やっ、あぁっ！　激しっ……」

身体が大きく揺さぶられ、力強い突きこみに身体が前にずりそうになる。遠慮会釈ない抽送にどんどん愉悦が引っ張り上げられた。

考えてみれば春花はともかく海翔はまだ達していない。「俺が限界」はそういう意味だったのかもしれない。

「海翔さ……かいとさぁ……ン」

崩れそうな肘をなんとか上げて海翔に顔を向けようとする。なにか言いたいのだと思ったのか、腰を打ちつけながら海翔が顔を寄せる。

「どうした？　気持ちイイ？」

春花はこくこくと首を縦に振る。

「海翔……さんは、気持ちイイ……？」

「すごく。春花のナカ、とろとろで最高。ちぎれそうなほど締めてくるから、我を忘れそう」

「じゃあ……ぁぁっ、忘れて……我を忘れるくらい……シてくださ……あっ、ハァぁ。海翔さんに……気持ちよくなってほしい……ん、ンッ！」

「春花は……そういうことを……！」

春花の言葉で昂ぶったのか、海翔の突きこみが凶暴なほど速まった。快感に蕩け落ちそうな膣壁を縦横無尽に穿ちつくされ、春花の嬌声は止まらなくなる。

「あっ、ぁぁあっ……！　ダメっ、そんなにしたら……あぁっ……また……！」

達していない海翔に気持ちよくなってもらいたいだけだったのに、春花にも再び快楽の波が襲ってくる。

発熱したように全身が熱い。意識がかすんで、またあののぼり詰めて弾ける感覚がやってくるのだと気持ちが高揚した。

「春花っ……ぁぁっ！」

海翔が押し殺したうめき声をあげたとき、春花も絶頂の波に呑まれて肘を落とし背を反らした。

「あああっ……！　かいとさぁんっ……ンン――――！」

ぶわっと全身から熱が放出され、春花はシーツに沈む。蒸気のように汗が噴き出し息が上がって、鼓動がリレーのアンカー並みに全力疾走した。

「春花……」

そんな春花に、海翔が軽く覆いかぶさる。息を荒くして顔も動かせないほどになっている彼女。その頬に貼りつく乱れた髪を寄せ、頬に唇をつける。

「愛してる……」

「海翔さん……」

「結婚しよう。すぐにでも、春花と一緒になりたい」

しっとりとした肌が重なる。海翔の体温や香りが春花を包んで幸せなアドレナリンが噴出する。

快楽の余韻に、このまま「はい」と返事をしてしまいそうだった。自分の幸せだけを追い求めても許されそうな空気に心が陥落したがっている。

……けれど……。

「海翔さん……」

春花は顔をかたむけ、海翔にくちづけをせがむ。希望どおりに重なる唇。そのまま必死に身体をかたむけ彼に抱きついた。

返事をしたい。

けれど、まだできない。

話の続きをごまかそうとするかのように、春花は長いくちづけを続けた。

翌朝は、幸せな目覚めだった。

あたたかなベッドの中、まぶたを開けば愛しい人の顔がある。

海翔は夜通し春花の寝顔を見ていたらあっという間に夜が明けたと笑っていた。

チェックアウトは正午なので、それまで二人でゆっくり身支度をして、ホテルを出たら海翔おすすめのトラットリアでランチをする。すでに予約済みらしい。

「いい店だよ。でも、海花ちゃんにはナイショだ。ドレスコードはないけど、年齢制限がある店だから。十歳になったら連れて行く。それまでは二人で楽しもう」

海翔は「十歳の誕生日に連れて行くのもいいな」とご機嫌だ。

二度目の夜を二人ですごし、今までよりずっとずっとわかり合えた気持ちになっている。たくさん愛し合って、深くまでお互いを感じ合うことができたからかもしれない。

海翔が春花をどれだけ愛してくれているのかも、よくわかった。

海花が自分の子どもではないと知ったら春花から離れていくのでは、というのが大きな不安だったが、そんな心配はしなくてもいいのかもしれない。

彼を信じて、本当のことを話すべきときが、きているのではないか。

まずは唯花が芸能活動をしていることを説明して、それから海花が春花の子どもでも海翔の子どもでもないことを明かせれば……。

ただ、唯花が芸能活動をしていることはともかく、子持ちであることは絶対の秘密だ。やはりそれを勝手に明かすことはできない。

たとえ海翔が絶対秘密を守ってくれる人だと確信があっても、唯花やマネージャー、ひいては事務所の許可をもらうのが筋ではないだろうか。

心の奥底で考えつつ、ホテルからトラットリアへ行き、ランチのあとこれからの予定をああだこうだと楽しく話しながら車に乗ろうとしていたとき。

バッグの中で春花のスマホが着信音をたてた。

「お母さんかな？　海花ちゃんがはるママの声を聞きたがってるとか」

助手席のドアを開けながら海翔が笑う。唯花が一緒にいるはずなので寂しがっていると も思えないが、そうだったらちょっと嬉しいなどと思いつつ「どうかな～？」とおどけてスマホを取り出した。

発信者には〝桂木マネージャー〟とある。ドキッとして慌てて耳にあてた。

海翔の目に入っていないだろうかと焦ったのだ。仕事の電話だとも言い訳はできるのに、唯花の関係者なのでつい過剰反応をしてしまった。

桂木から電話がくるのは珍しい。今日は唯花が休みのはずなので、大切な連絡があるけれど本人が捕まらないなどの用事だろうか。

「天宮ですが」

海花と遊ぶのに夢中で着信に気づいていないのかもしれない。実の母娘にちょっと羨ましさを感じつつ応答すると、重いトーンで桂木の声が聞こえてきた。

『申し訳ありません、天宮さん。唯花さんが怪我をして、今病院にいます。今日は入院になりそうでして』

「怪我で入院⁉　唯花がですか⁉」

驚いて声を張ってしまった。チラリと海翔を見やると、彼は真剣な顔で春花を見ている。彼の反応は気になるが、今は桂木の話を聞かなくては。

『レッスン中に怪我をしたんです。本当なら今日はお休みのはずだったのですが、ライブの予定が増えたこともあって、午後から打ち合わせを兼ねて振りつけのレッスンをしていたんですが……』

ということは、唯花は今日の午前中までしか海花といられなかったのだ。海花は寂しがっていないだろうか。

桂木の話を聞きつつ海花の心配をしていると、海翔が横で「病院はどこ？」と小声で聞いてくる。桂木に聞けば、ここからそう遠くはない病院だった。

海翔に助手席へ座らされドアが閉まる。彼も運転席へ乗りこみ、なにも言わずに車が走りだした。

おそらく海翔は唯花が入院している病院へ行くつもりなのだ。春花はこれから向かう旨を桂木に告げて通話を終える。

「すみません、海翔さん。わざわざ……」

「そんなすまなそうにするな。唯花さんは俺にとって妹も同然だ。なにかあれば力になりたい」

「……ありがとうございます」

嬉しいのに、チクチクと胸が痛む。

身内のことまで心配してくれる。こんないい人をいつまでも欺きつづけている自分が、とんでもなく悪い人間に思えた。

教えられた総合病院に到着し、休日ということで夜間出入口から院内へ入る。病室は聞いているので、そのまま病棟へ上がっていいとのことだった。

「海翔さん、すみません、病室には……」

エレベーターへ向かう前に海翔に声をかける。なにを言おうとしたのか彼はすぐに悟ってくれたようだ。

「わかってる。いきなり俺が顔を出すわけにはいかないから。俺はロビーで待っている。遠慮しないで、ゆっくり会っておいで」

「ありがとうございます」

ホッとした。海翔としては道理を通しただけかもしれないが、海花のことを唯花ともう一度ちゃんと話し合ってから会ってもらったほうがいい。

外来患者がいない院内はとても静かで、普通に話していても声が大きく聞こえる。急いで歩く靴音まで耳に響いてくるので、どこからか聞こえる駆け足の音はもっと大きく聞こえた。

「あー、いたいたぁ、おねえちゃん！」

「唯花さん、駄目だよ、走ったら！」

ロビーに出る手前の角から飛び出してきたのは、唯花と桂木だったのである。

「足、捻挫してるんだから、無理したら駄目だ。お医者さんにも言われてるだろう？　お姉さんに早く会いたいのはわかるけど」

「……ごめんなさい」

唯花は素直に謝る。メイクなしの素顔にポニーテールの彼女は、もともと童顔のせいかいつもより幼く見える。

というより、叱られてしょげる海花に似ている。いつも思うが、唯花は桂木に注意をされるとおとなしくなることが多い。考えかたが自由すぎて、ときに春花を困らせるほどだというのに。

そう考えると、マネージャーというのはすごいんだなと感心してしまう……。

シュンっとした唯花だったが、春花に顔を向け、笑顔になりかかったところで目を丸くした。

「ああっ！　ええっ、京極さんっ⁉」

おまけに指をさして驚く大げさなリアクション。海翔が笑いをこらえてしまうほどなので、もちろん桂木に注意された。

「唯花さんっ、静かにっ」

「すみませんっ」

唯花を黙らせ、桂木が二人のそばへやってくる。

「天宮さん、すみません、お騒がせいたしました」

「いいえ。ご連絡いただきありがとうございます。でも、思ったより元気そうで安心しました。先程捻挫とおっしゃっていましたけど、それだけですか？」

「はい、あの……」

桂木はチラリと海翔に目を向ける。第三者の存在が気になるのは当然だ。

海翔も桂木が何者なのか気になるだろうが、今は自分がいては話が進まないのだと察しをつけたらしく「車で待っている」と春花に告げる。

そこへ間髪を容れず唯花が口を出した。

「いいんだよ、桂木さん。その人、お姉ちゃんの婚約者だから。海花のことも知ってる人だから大丈夫」

　春花は驚いて唯花に顔を向ける。確かに海花の存在は知っているが、海花が唯花の子どもであることは知らない。この言いかたは、海翔がすべての事情を知っていると桂木が誤解しかねない。

「そうでしたか、お姉さんの……。失礼いたしました、僕は唯花さんのユニットのマネージャーで、桂木と申します」

　桂木はいつものおだやかなニコニコ顔に戻り、自然な仕草で名刺を差し出す。受け取った海翔は名刺を一瞥《いちべつ》し、ジャケットの内ポケットから自分の名刺を取り出した。

「ご丁寧に、ありがとうございます。京極と申します」

　桂木は名刺を見て驚いたようだ。まさか唯花の姉が有名企業のＣＥＯと婚約しているとは、思ってもいなかっただろう。

　……正式にしているわけではないが……。

　逆に桂木の名刺を見ても表情ひとつ変えなかった海翔に驚かされる。

　芸能事務所の人間がマネージャーだということは、おのずと唯花の職業に見当がつくのではないだろうか。

　まるですでに知っていることだと言わんばかりに、平然としている……。

「京極さーん、お久しぶりでーす」

桂木の後方で、笑顔の唯花が手を振る。白いTシャツにホットパンツ姿の唯花はいつもと変わりなく元気そうで、入院と聞いて飛んできたのが嘘かのよう。

足首に固定のサポーターが巻かれているのと、膝と太腿にガーゼがあてられているところを見ると、桂木が「捻挫」と言ったのは間違いないようだ。

「こんにちは、唯花さん。お久しぶりですね」

無邪気に話しかける唯花に海翔は快く応えるが、春花は気が気でない。

「京極さん、海花とたくさん遊んでくれてありがとうございます。昨日、実家で海花に会ったんですけど『かいちゃんが』『かいちゃんが』って、京極さんのお話、いっぱいしてくれました」

「海花ちゃんが？　そうですか」

海翔がふわっと嬉しそうに微笑む。春花が不安に思ったとおり、唯花は海花を話題に出してきた。

「海花、ずいぶんと京極さんに懐いたみたいですね」

「当然のことをしているだけだよ。むしろ、……足りないくらいだ」

「海花は幸せですよ。そんなにかわいがってもらえて」

「かわいいよ。なにかをかわいいと思うのは君のお姉さんに出会って初めて覚えた感情だけれど、人生で二人目の〝かわいい〟だ」

海翔の声はとても優しくて、海花のことを大切に思っているのが伝わってくる。さりげなくノロケが入っているが、春花はそれにときめく心の余裕がない。

「あの、桂木さん、唯花の怪我って捻挫だけですか？　他にはなにも？」

この流れを遮りたくて、春花は桂木に話題を振る。桂木は眉尻を下げ、申し訳なさそうに口を開いた。

「天宮さんのみならず婚約者さんにまでご心配をかけてしまい、申し訳ございません。レッスン中の怪我で軽い捻挫ではあるのですが、一応大事を取って今夜だけ入院ということになりました…」

「本当のこと言っていいよ、桂木さん。メンバーと喧嘩して階段から突き落とされたんだって。その子が隣の部屋だから、心配でマンションに帰せないんだって」

「唯花さん」

桂木が強い口調になったせいか唯花は口をつぐむ。ぷいっと横を向いてしまった。

さっきは春花を探していた様子だったのに、海翔に気がついてからこちらを見ようとしない。

やはり、きちんと話していないうちに二人を会わせるべきではなかっただろうか。とはいえ、唯花は病室にいると思っていたのだから仕方がない。

「メンバー内のトラブルでご心配をおかけして申し訳ありません。相手の子も反省はしているのですが……」

桂木が深々と頭を下げる。その腕を唯花が引っ張った。

「もういいよ、桂木さん。事情は説明したし、あたしも軽い怪我だってわかったろうし、もうお姉ちゃん解放してあげようよ。わかるでしょ、デート中だったんだよ。お邪魔しちゃ駄目。病室に戻って、事務所からもらった梨食べようよ」

唯花はやっと春花にも顔を向けてくれる。しかしその視線は海翔とのあいだを交互に行きかった。

「話したいことがあるから、落ち着いたら電話します。じゃあ、デートの邪魔してごめんなさいっ」

さらに桂木の腕を引く。これは言っても無駄だと悟ったのか、桂木もこちらに頭を下げ「すみません、ありがとうございます」と引っ張られていった。

曲がり角で二人の姿が消え、広いロビーに立ち去る足音だけが聞こえてくる。入れ替わるように白衣を着た病院関係者が歩いてきて、廊下の中央で佇《たたず》む二人を不思議そうに見て通りすぎていく。

海翔と顔を合わせた春花は、なんとなくうなずき合って夜間出入口へ引き返した。

「でも、大怪我じゃなくてよかった」

駐車場で助手席のドアを開き、海翔が口火を切る。本来なら、怪我の様子を知ってホッとした春花が口にすべき言葉だ。

ここに来るまで無言になってしまったのは、予想外に元気だった唯花に安心しつつも拍子抜けしたのと、海翔になにから説明したらいいだろうかと、ぼんやり考えてしまったせいだった。

「はい、……すみません、お騒がせして……」

「春花が謝ることじゃないだろう」

軽く笑って春花を助手席に乗せ、ドアを閉めた海翔が運転席に回る。彼が乗りこんだところで、春花は慌てて口を開いた。

「あのっ……、すみません、唯花のこと、ちゃんと言っていなくて」

「ん？　芸能事務所に所属していること？」

「どう説明したらいいか迷ってしまって……」

「気にすることないのに。なんの仕事をしていようと、春花の家族が元気ならそれでいい。海花ちゃんもかわいがられているみたいで嬉しい限りだ」

「はい、それは……」

――本当の母親なのだから、当然ですよ。

続く言葉を、春花は胸の中で呟く。

海翔の姿を見つけて、妙にはしゃいだ唯花の態度が気になった。誤解されていることは話してあるのだから、あそこで海花の話をされたら春花がハラハラするだろうことはわかるはずのに。

唯花は、春花の顔を見ずに海花の話題を海翔に振った。彼の反応を、見定めようとする

かのように……。

「海翔さん、桂木さんの名刺を見ても平然としているから。ちょっと驚きました」

「渡された名刺の職種でいちいち顔色を変えていたら、CEOは務まらないよ。政財界の大きなパーティなんかに行くと、繋がりを持ったらマズイ関係者の方々だってあからさまにわかる名刺をもらうこともあるからね」

「そ、そうですか」

詳しくは聞きたくない話題である……。

「それで、唯花さんはなんの仕事をしているの？　ユニットとかメンバーとか言っていたから、モデル……ではないような……」

「あっ、アイドルグループです。歌ったり踊ったりの……。でも、テレビに出たりするやつじゃなくて、ライブ活動とかが中心で……」

いつの間にか車は走りだしていた。これからどこへ行くのかを聞くより、春花はどう説明しようか考えるのに必死だ。

海翔のような堅い仕事をしている人が、アイドルの仕事の話をして理解できるのかも疑

問である。

「ライブ……。それって、地下アイドル、ってやつ？」

「え……？」

前を見たままアッサリと出てきた言葉に、春花は力が抜ける。

「海翔さん、地下アイドルなんて言葉、知っていたんですね……」

「俺の秘書がハマってるから」

「はい？」

「すごく真面目でデキる秘書なんだけど、推し活……って言うんだっけ、それのあとは表情筋がゆるんでいるな……。サイン入りのチェキなんかも何枚も持ってる。ライブのときには必ず推しのツーショットチェキ券を買うとか」

「そう……なんで、すか……」

まさか身近にそんな詳しい人がいるとは思わず、ちょっと呆気《あっけ》に取られてしまった。

「地下アイドルはファンとの距離が近いせいか、たまに個人的にやり取りをするファンなんかもいるらしくて。秘書の推しグループの子がファンと色恋沙汰を起こしたとかで、最近ため息ついていた」

「色恋沙汰……ファンと……、ですか」

「そのグループが解散の危機だって、真剣な顔をしていた」

「……そんなこともあるんですね」

ハハハと笑い声が出るものの、海翔のほうが春花より詳しい。妹が地下アイドルそのものでも、そこまで情報通ではない。

「華やかで明るく見えるぶん、大変な仕事だろう。唯花さんも頑張っているんだな、偉いよ」

「そうですね」

妹が褒めてもらえるのは素直に嬉しい。同意する春花だが、胸の奥底にはかすかな靄がかかる。

（海花を邪魔にして、お姉ちゃんにあげる、とか言った子だけど……）

あの言葉はまだ撤回されていない。

気の迷いから出た言葉であってほしいと思う自分と、そう言うならそうしてもいいと考える自分がいる。

そして、いつまでも悩んではいられない事実が春花を苛む。

余命を刻むタイムリミットの針のよう。

少しずつ、確実に、追い詰められているのを感じていた。

落ち着いたら電話をすると言っていた唯花から電話がきたのは、その日の夜だった。

一週間後か、それとも二週間後か……と考えていただけに、あまりにも早くて驚いてしまったのである。

『海花は？』

「もう寝てるよ。何時だと思ってるの」

『夜の十一時』

悪気ない返事に、春花はクスクス笑ってしまう。スマホを耳にあてたままソファに腰を下ろし、背もたれに深く身体を沈めた。

唯花はまだ病院にいる。デイルームからかけているらしいが、時間が時間なので小声になっていた。

『今日はさ、来てくれてありがとう。たいした怪我じゃないのに、ごめんね』

「いいよ、そんなの。怪我で入院って言うからびっくりしたけど、そのくらいで済んでよかった。電話、退院してからでもよかったのに」

『病院まで来てもらったうえに……デートの邪魔しちゃったし……。お姉ちゃんに早く謝りたかったから……』

「唯花……」

なんだか胸がジンとする。久しぶりに唯花と普通に話ができるだけでも嬉しいのに、こんなことを言われたら泣けてくる。意地っ張りだけど、本当は家族思いで優しい唯花は健在だ。

『心配かけちゃったから早く謝るんだよって、桂木さんにも言われたし』

「唯花は桂木さんの言うことはよく聞くよね」

『……うん。なんか、逆らえないんだよね。困ったことに』

「そういう人がマネージャーさんなのはいいことじゃないかな」

落ち着いて話ができる空気が、なんだか嬉しい。唯花と気まずい感じが続いていたので、そのせいもあるかもしれない。

『京極さん、本当に海花をかわいがってくれているんだね。話をして、すごく伝わってきた』

「うん、ビックリするくらい。どっちかと言うと、厳しいお父さん、ってイメージなのにね。海花にはデレデレしてるよ」

『子煩悩パパって感じがした』

「そんな雰囲気ある」

『……本当に、パパになってくれないかな……』

海翔を褒められた気がして調子にのってしまったが、今のひと言で言葉が止まった。

『お姉ちゃん……京極さんと結婚するって決めたの？　プロポーズとかされてるんだよ

ね』

「されてるけど……。返事はまだ……」

『どうして？』

「海花のこと、ちゃんと話してからと思って……」

『ふうん……』

二人とも無言になり、耳鳴りのような静寂が広がる。

唯花がなにを考えてそんな質問をしたのかがわからない。いやな胸騒ぎがして言葉が出なかった。

『……京極さんに、あたしが母親なんだって、言っちゃおうかな』

春花は勢いよく背もたれから身体を起こす。

『なんかさ、今日、京極さんの様子を見て思ったんだよね。もしかしたら、お姉ちゃんと結婚したがっているのは、海花の父親になりたいからなんじゃないかって』

それは、最初のころに春花が抱いていた不安だ。けれど今は、海翔は心から春花を想ってくれているから、子どもも込みで家族になりたいと言ってくれているのだと……。

『ということは、海花がいれば母親は誰でもいいってことでしょう？　むしろ、本当に海花を産んだあたしのほうが、海花の父親になりたがっている人にはふさわしいと思わない？』

せっかく気持ちが固まりかけていたのに、今こんなことを言われたら……また揺らぎそうになってしまう。

『だいたい、再会してもう一ヶ月以上経ってるじゃない。なんでなんの進展もないの？　子どもがいる。それがわかった時点で入籍を急ごうって流れになるんじゃないの？』

「それは……、わたしがまだ結婚できないって……」

『どうしてしなかったの？　すればよかったじゃない。お姉ちゃん、別れてもずっと京極さんのこと好きだったのに。すぐにでも京極さんと結婚すればよかったのに』

「海花のこと誤解されたままなのに、できるわけがないでしょう」

『お姉ちゃんより海花に愛情がいってるなら、海花をあげるから、海花ごと受け取ってもらいなよ』

「唯花……またそんなこと……！」

声を張り上げてしまってから、ハッと片手で口を押さえて顔を上げた。

正面に見える寝室の引き戸が開かないか気になったのだ。そこでは海花が眠っている。起きることはないだろうと思っていても、話の内容的に海花が気になった。

「そういう話はやめよう……。唯花……海花の母親なのに……」

『お姉ちゃん……好きな人がもう一度目の前に現れてくれたことが、どれだけ幸運なことかわかってる……？　どうしてその幸運を、ズルいことしてでも自分の手に繋ぎとめておこうと思わないの？　好きな人と幸せになりたいと思わないの？』

「それは……」

『もういいよ、あたしが、京極さんも海花ももらうからっ』

吐き捨てるように言って、一方的に通話が切れる。

スマホを握りしめた手を膝に置き、春花は下唇を噛みしめた。

＊＊＊＊＊＊＊

ＣＥＯ執務室で、海翔は一通の報告書に目を通していた。

まぶたをゆるめ眉を寄せたその表情は厳しくもあり、つらそうでもあり。やがてハアッと大きくため息をついて報告書をデスクに置き、立ち上がる。

室内に昼下がりの明るさをくれるパノラマウインドウの前に立ち、都心オフィス街のビル群を見つめる。……ように見えて、実は窓ガラスに映る自分の顔を見ていた。

我ながら冴《さ》えない顔をしていると思う。

これは、春花と別れたばかりのころ、踏ん切りがつかなくてなんとか彼女を取り戻せないかと無駄にあがいていたころの顔だ。

「……こんな顔にもなるだろう……」

海翔は再度ため息をつき、デスクに残した報告書を顧みる。

――あんな真実を知ってしまっては……。

海花は、春花が産んだ子どもではない。

もちろん、海翔の子どもでもない。

春花の妹、唯花の子どもだ。

最初のうちは春花が産んだのだと疑うことなく信じていた海翔だったが、そのうち違和感に囚われるようになっていた。

春花と海花は確かに仲がいいし、母娘に見える。春花は本当に海花をかわいがっていて大切にしているのも伝わってくる。

けれど、それならなぜ、いつまでも海翔のプロポーズに応えてはくれないのか。

再会して一ヶ月以上が経ち、愛し合う気持ちも確認し合った。京極の両親にはまだ会わせられていないが、今はそこにわだかまりをいだいているようでもなさそうだ。

それなのに、海花の話になると春花は困ったように笑うのだ……。

苦しそうに、でもそれを悟られないように。つらさを微笑みで隠して、無理に明るく振る舞う。ちょうど二人が別れを決めた日のように。

春花の憂いを拭いたかった。それだから、調べるしかなかったのだ。

彼女の周囲ではなく、海花について。

春花の迷いは海花が絡んだときに色濃くなる。親として子どものことを心配していると か、そういった様子ではない。

結果、海花は春花の子どもではないとわかったのだが……。

もうひとつ、ショックなこともわかった。気持ちが重いのは、どちらかと言えばこれの せいだ。

海翔はデスクに戻り、エグゼクティブチェアに腰を下ろす。肘掛に片肘をつき指先でひ たいを押さえた。

春花は知っているのだろうか。

……海花の、父親のことを。

「しーいーおーぉっ！」

海翔の遣りきれない考え事は、調子っぱずれな秘書の声で遮られる。というか、こんな おかしな調子の声で呼ばれたのも初めてだが、真面目な秘書がノックもなくドアを開けた のも初めてだ。

かなり動揺している証拠だろう。いったいどうしたのかと驚かされる。海翔は思わず立 ち上がって顔を向けた。

「あ、あ……あのっ、いきなりで申し訳ございませんっ。CEOに、お客様で……。アポはなかったのですが、CEOの名刺をお持ちで……」

「京極さん、こんにちは」

挙動不審になる秘書の背後からひょこっと顔を出したのは唯花である。変装のつもりなのか丸メガネをかけてはいるものの、数日前に病院で会ったときとあまり変わらない。メイクをしっかりしているので、幼さをそれほど感じない程度だ。

「どうしてもお話ししたいことがあって。マネージャーから名刺を奪ってきました。……海花と、……姉のことで……」

最後のほうは声が小さくなる。海花もさることながら春花のことで話があるとなれば放っておくわけにもいかない。

「すぐに済みますから、話を聞いてもらえませんか」

昨日、病院で会ったときとは違う、唯花の神妙な面持ちが気にかかる。次の予定までは時間があることから、海翔は唯花の話を聞くことにして秘書には退室を命じた。

「お飲み物を、お持ちいたしますか？」

尋ねた秘書に応えたのは唯花だった。

「いいえ、結構です。話したらすぐに帰りますから。約束がないのに、通してくれてありがとうございました」

それも両手を前で合わせて深々と頭を下げたのである。慌てたのは秘書のほうだ。

「とんでもございませんっ。で、では、失礼いたしますっ」

ガチガチになった秘書が退室する。彼の姿を見送っていた唯花がドアを指さした。

「あの人、うちのライブによく来てくれますよ」

「〝ラ・LOVE〟だっけ」

「そんな堅苦しく呼ばなくていいです。気軽に『ららぶ』でいいですよ。発音のポイントは、『カレシ』とおんなじで最後を上げる感じ」

口調が軽くなったせいか海翔もつられて笑ってしまう。

「練習しておくよ。それにしても、すごいね。ライブに来るファンの顔を覚えているんだ？　たくさん来るんだろう？」

「物販の常連さんは覚えますすよ。何回も並んでチェキ券買ってくれたりするし。うちはチェキのサイン有料なんだけど、毎回サイン入りにしてくれるし。ありがたいファンの一人です。今度ライブで会ったらサービスしてあげよう」

両手を合わせて合掌のポーズ。目の前にいきなり〝推し〟が現れれば、勤勉な秘書もかたなしだ。

ちょっとおどけた唯花だったが、声のトーンを落とし海翔に頭を下げる。

「あの人のこと、怒らないでください。本当はアポがないから駄目だって言われたんです。

でも、あたしが無理やり頼んだんです。京極さんの名刺を出して、本人からもらったんだって。どうしても話さなくちゃいけないことがあるから訪ねてきたことだけでも伝えてほしいって」

かなり必死に頼みこんだのだろう。昨日の今日で捻挫した足も痛むのではないか。それを押してまで、話をしなくてはいけないことがあるのだ。

「ここまでして俺に会って、なにを話してくれるつもりだったのかな？」

唯花は捻挫した足を庇《かば》うようにゆっくりとデスクの前まで来ると、真剣な顔で海翔を見た。

「……海花のことで、ご相談なんですけど……」

第四章　たくさんの愛しさをかかえて

「かいちゃんの、おひざぁ」

海翔の胡坐《あぐら》の中に収まって、海花はご機嫌だ。小さな手足をパタパタさせてキャッキャキャッキャと喜んでいる。

しかし喜ばせてばかりもいられない。春花はエプロンで手を拭きながらキッチンを出た。

「海花、そろそろねんねの時間だからね。ブロックはお片づけだよ」

「はるママぁ、かいちゃん、おっきいおうちつくった」

言われたことを耳に入れているのかいないのか。なにかに夢中になっているときの幼児は、往々にしてこういうものなのだろう。

エプロンを外し、春花も二人に近寄る。楕円形のテーブルの上にはブロックを使った、海翔作・二階建てのお家、が完成間近だった。

「わっ、すごい、大作っ」

「もっとブロックがあれば庭も作りたいところだな」

それでも玄関先まではブロックを組んでいる。使っているのは三人で出かけたときに買ったブロックだ。

海花は積み上げて喜ぶくらいだし、春花は説明書を見ながら簡単な動物や童話に出てくるような三角屋根の家を作るのがせいぜいだ。海翔は毎日車だ船だといろいろなものを作ってくれるので、彼の器用さには驚かされるばかりである。

「かいちゃん、おしろつくって」

「お城か～、ちょっとブロックが足りないな。買い足すか……」

「部屋がブロックだらけになっちゃいますよ。それにしても海翔さん、本当に器用ですね」

「子どものころ、家にたくさんあったから。作り放題だった」

「へぇ」

思い返してみれば、三人でディスカバリーセンターのブロックで遊んだときも、海翔は説明書も見ないでいろいろと作っていた。

ここ一週間ばかり、海翔が来ると海花はブロックで遊んでほしがる。自分ではちょっといじるくらいで、海翔が作るものを見るのが楽しいらしい。

海花は楽しそうだし、春花も完成したものを見せてもらうのが楽しみだし、海翔も嬉しそうに作っているのでいいことだらけなのだが……。

海翔がそれに集中してしまうと話ができないので、話したいことが話せない。

「よし、今日はおしまい。海花ちゃんはお蒲団だ。明日起きられなかったら大変だから」

「おきれるよー」

海花を膝から下ろし、起きられない説に異論を唱える海花の頭を撫でる。春花に顔を向けて「頼むよ」と申し訳なさそうに微笑んだ。

（今日もか……）

胸の奥がシュンっと寂しさにしぼむ。それでも笑顔で立ち上がり海花を抱き上げた。

「よーし、ねんねですよ～。今日はなんの本読もうか？」

「くまさんのやつ」

「はーい。じゃあ、かいちゃんにご挨拶」

海花は目を擦ってから、にこっと笑って海翔に手を振った。

「かいちゃん、おやすみなさい」

はしゃいで忘れているが、当然眠くはなっている。寝かしつけにもそんなに時間はかからないだろう。

海翔も立ち上がって「おやすみ」と海花の頭を撫でる。海花が春花の肩に眠そうに顔を擦りつけているのを見て、今だとばかりに春花の唇にチュッとキスをした。

春花は海花と寝室へ入る。海翔はこのあとブロックを片づけ、身支度を整えて部屋を出ていく。

ここのところ仕事が忙しいらしく、この時間になると会社へ戻ってしまうのだ。

忙しいなら無理して会いにこなくても……とは思うが、アメリカの取引相手との話し合いのため、時差を考えればこのくらいの時間に会社にいるのがちょうどいいらしい。

海花が眠ったあとに二人の時間が取れないのも、寂しさに拍車をかけている原因かもしれない。

(海花のことを話して、ちゃんと謝ろうって決めたとたんこれだもんな……)

本当のことを話せば海翔は怒るかもしれない。そのときは、本当の子どもではないと知って海翔が離れていくことがいやだったと、正直に話そう。

みっともなくても、未練がましくても、それが春花の本心だ。

もうひとつ気になるのは唯花のことだった。

——もういいよ、あたしが、京極さんも海花ももらうからっ。

勢いで出ただけの言葉だとは思う。

それでも……。

「はるママぁ……」

蒲団の上でもぞもぞと動いて、添い寝をする春花に身体を寄せてくる。眠いけど甘える気満々の海花に、春花も身体を寄せてぴとっとくっついた。

いつもなら幸せな気持ちでいっぱいの時間なのに。頭から消えない唯花の言葉が、春花の不安を煽るのだ。


それは、翌日の朝にやってきた。

春花のスマホが連続して通知音を鳴り響かせたのである。

出勤がてら海花を保育園に送っていく途中だった。ショルダーバッグの中で鳴ったのでそんなに大きな音ではなかったが、ちょうどバッグの近くに耳がある身長の海花には大きな音に感じたのだろう。バッグに向かって人差し指を立てたのである。

「しー、だよ。しーぃ」

彼女的にはうるさかったらしい。ちょっとムッとした顔をしている。

「なんだろうね。朝からうるさいスマホさんですね」

ぷんぷんする海花を笑顔で眺める。こんなとき、そうならないよう意識していてもついデレデレした顔になってしまう。

「かいちゃんかな?」

「どうかな？　でも、こんなに連続で鳴らさないと思うよ」

「かいちゃん、きょう、いいとこつれていってくれるっていってた」

「いいとこ？　いつ言ってたの？」

「きのうのよる」

今日は金曜日だし、仕事が終わったら食事にでも行こうというお誘いだろうか。しかし春花はなにも言われていない。

（海花に言って安心しちゃった、とか？）

春花に言ってないことを思いだして慌てて連絡してきた……というところだろうか。

「海花ちゃーん」

「めぃせんせー」

保育園の近くまで来ると、門の前に立っていた芽衣先生が手を振る。春花の手を放し海花が駆け寄っていった。

「おはようございます。よろしくお願いします」

ひと声かけて駅へ向かおうと歩きだすと、道路に高級車が停まり、中から男の子が降りてくる。「あ、この子」と思ったとき、男の子は猛ダッシュで走りだした。

「海花ちゃん、おはよう！」

「あー、おにいちゃんだ。おはよぉございますっ」

「歩いていたら海花ちゃんが見えて。同じ時間なんて偶然だね」

「ぐーぜん、って、いいこと？」

「いいことだよ」

男の子は芽衣先生に挨拶をしてから、海花と手を繋いで園舎へ歩いていく。海花がよく話す「うえのくみのおにいちゃん」である。

（……君……猛ダッシュしてたよね……）

とツッコまずにはいられないが、小さな子どもだと思えば微笑ましい光景ではある。

手を繋いで笑い合う小さな二人を、春花は立ち止まったまま見つめる。男の子の笑顔はとてもキラキラしていて、ただでさえ整った顔つきをしているのに、もっともっと素敵に感じる。

海花に好意を持っているらしい男の子の話を初めて聞いたときは「うちの娘はまだ恋なんてしませんっ」と心の中で牽制《けんせい》したものだ。

けれど今は、胸がほわっとあたたかくなるような、長閑な気持ちになれる。そして少し、羨ましい……。

こんな小さな子どもでも、好きな相手にはこんなにも一生懸命だ。素直な感情で、相手に接している。きっと、相手のことが大好きな自分のことも好きだからこんなに輝いていられるのではないだろうか。

ただ一心に、一途に、大好きでその人しか見えない。

学生時代に海翔とつきあっていたとき、春花もそうだった。

彼のことが大好きで、大好きと言える自分が誇らしくて、もっともっと大好きになりたくて一途に彼を愛した。

今の春花は……自分のことがあまり好きではない。

海翔を欺いているからだ……。

――好きな人がもう一度目の前に現れてくれたことが、どれだけ幸運なことかわかってる……？

唯花の言うとおりだ。

夢のような話ではないか。もう二度と会うことはないと思っていた人が、春花のために難題を解決して、再び手を取ってくれようとしているのに。

園舎をあとにし、駅へ向かう。到着するまでに心が決まった。

話そう。

すぐにでも海翔に真実を話して謝ろう。告げるタイミングがない、なんて言い訳だ。本当は言うのが怖くて逃げているにすぎない。

駅の構内に入ってから春花はスマホを取り出す。通知が入っていたのを思いだしたのと、それが海翔からなら、返信するかたわら大切な話があるから二人で会いたいと伝えようと思ったのだ。

「あれ？」

思わず声が出てしまった。通知は予想外の相手からのメッセージで、そこには唯花の名前しかない。彼女が連続して入れてきたらしく、あまりに続くので通知を拒否しますかと機能上の警告まで入っている。

なにをそんなにたくさん送信したのだろう。メッセージを開くと、〝見られちゃった〟というコメント。それとともに送られてきたURLをタップし……。息が止まった。

〝おいおいラブラブ〟
〝りんもかよ〟

そんなコメントがついた画像が、SNSに投稿されている。

男女の二人組。背景にはラブホテルの看板があり、タクシーに乗ろうとしている。女性は間違いなく唯花だ。申し訳程度に丸メガネをかけているだけで、顔を隠そうとする様子は見られない。

一緒にいるのは背の高いスーツ姿の男性。画質があまりよくないうえ顔を加工で隠されているので見えないが……。

――これは、海翔だ。

投稿時刻は今日の午前一時。かなり拡散されていて、たくさんコメントもついている。

〝りんちゃんまで彼氏持ちかよーーーー！〟
〝カレシさんスタイルイイね。モデル？〟
〝パパ活じゃねーの〟
〝枕乙！〟
〝ショックーーーー！　今日ライブなのに！〟

春花は他のメッセージに目を移す。次々と送信されたＵＲＬを開いていくが、すべて唯花がこの男性と一緒にいる写真や画像を引用してコメントをつける投稿ばかりだった。ひやかし、罵倒、泣き言、ときおり興奮するファンを落ち着かせようとするコメントも交じる。春花は忙しなく指を動かし、それらに目を走らせた。

指が震えているように思えるのは指先が冷たくなっているせいだろうか。指先だけではなく足も冷たく感じる。遣る瀬ない感情が流れていって、地団駄を踏みたくなるほどだった。

最後に行きついたのは唯花が仕事の情報発信用にしているＳＮＳアカウント。最新の投稿は一時間前だ。問題の画像がついた投稿を引用して、ライブに来てね、とだけある。画像についての詳しい説明があるわけではない。当然、コメント欄は荒れていた。

〝信じてるよ、りんちゃん！〟

〝恋愛は自由なんだから、負けないで！〟

〝裏切り者！！！　でも好きだああああ！！！〟

〝おまえに使った金返せ！　ヤリ〇〇女！〟

〝タヒね！〟


もちろん応援もあるし、文句を言いながらのラブコールもある。しかしそれを上回る罵《ば》詈《り》雑《ぞう》言《ごん》、誹《ひ》謗《ぼう》中《ちゅう》傷《しょう》のコメントに春花は目をそらしスマホを閉じた。

ファンじゃなくても面白がってコメントしている者もいるだろうし、上辺の情報だけで批判する者もいる。きっと本当のファンは、「りん」がちゃんと説明をするのを待ってくれている。

そう考えて落ち着こうとするのに、冷や汗が止まらない。背中を汗が流れていくのがわかる。ブラウスが貼りつきそうになって慌てて背筋を反らした。

これはどういうことだろう。疑問は浮かんでも考えるのが怖かった。

唯花と一緒に写っていたのは、間違いなく海翔だ。着ていたスーツやネクタイにも見覚えがある。

昨日、彼は仕事があるから、海花が就寝する時間に合わせてマンションを出た。唯花と会うとは聞いてない。

春花の頭の中で、最近の出来事が思い浮かんではまとまらないままぐるぐると回る。

――――もういいよ、あたしが、京極さんも海花ももらうからっ。

あの言葉を聞いた翌日から、あまり海翔と話せていない……。

もちろんそれは三人のあいだでブロックが流行ってしまったせいだし、海翔が仕事に合わせて帰る時間が早くなったからだ。

でも、本当にそうだろうか。

海翔が、意図的に避けていたのでは……。

悪い想像ばかりが次々と浮かんでくる。最終的にたどり着いたのは、唯花が海花の母親は自分なのだと海翔に告げたのではないかという推測だった。

「……謝らなきゃ……」

自然と口をついて出た。海翔に謝らなくては。黙っていたこと。自分勝手な感情で、本当のことが言えなかったと。

ドンッと誰かがぶつかってきて、現実に引き戻される。改札に向かう大勢の人の波が脳に酸素を回してくれた。こんな場所に佇んでいては邪魔になる。春花は壁側に移動してスマホを見つめた。

ごくりと空気を呑む。焦燥感のせいか渇いたのどに空気が引っかかる。震える指で、しっかりと海翔へ繋げた。

『春花？　連絡がくると思っていた』

ワンコール、鳴っただろうか。すぐに海翔の声が聞こえた。彼の声はとてもおだやかで、でもどこか厳しくて。春花は嗚咽が漏れそうになる。

春花からなにか言ってくるだろうと思っていたということは、海翔もＳＮＳに拡散された画像のことは知っているのだろう。

やはりそうなのだ。唯花と一緒にいたのは……海翔なのだ。

『春花の口から、聞きたいことがある』

「……なんですか」

『海花ちゃんは、唯花さんが産んだ子どもだな』

「――はい、……そうです」

刹那、躊躇する気持ちが動いた。あれだけ真実を告げようと決心したのに、自分を守ろうとするいやらしさに悲しくなる。

『唯花さんがアイドル活動をする。子持ちなのを隠さなくてはならないから、海花ちゃんは春花と一緒に住んでいた。間違いない？』

「はいっ……」

今度はすぐに返事ができた。それでも声が震えそうになって、春花は必死に動揺を抑える。

『わかった』

海翔が静かに深いため息をついた気配を感じて、春花は深い奈落へ垂直に落ちていったかのような感覚に囚われる。

意識が白くなってきてなにも考えられなくなる。絶望の瞬間だ。

――ああ……終わった。

今になって、唯花の言葉が痛いほどわかる。春花の心を突き刺して、どこまでも喰いこんでくる……。

――好きな人と幸せになりたいと思わないの？

なりたかったに、決まっているのに。

『春花、今日の仕事は、いつもどおりの時間に終わる？　いや、終わらせてもらいたい』

「え？　あ……はい、それは融通が利くので……」

海翔の口調がいつもどおりに戻ったので戸惑ってしまった。

『話したいこともあるし、春花と海花ちゃんを連れて行きたい場所がある。マンションで待っていて。迎えに行く。いい？』

「はい、大丈夫です。今日は家に置いてある仕事を仕上げるのに早めに帰宅する予定だったので」

『そうか。それと、海花ちゃんは俺が迎えに行く。先に連れて行きたい。そのあとで春花を迎えに行くから、一緒に向かおう。保育園のほうに、お迎えは俺が行くことを伝えておいてほしい。何度も春花と一緒に顔は見せているけれど、春花から連絡があったほうが園のほうも安心だろう』

「それは……構いませんけど。……海花をどこに置いてくるんですか？　連れて行きたいところって……」

『唯花さんのところ』

追及する言葉が止まった。海翔の話しかたがいつもどおりになって気持ちがゆるみかけたところに、いきなりこぶしをえぐりこまれた気分だ。

『先に、母親のところに連れて行く。問題はないだろう？』

もちろんだ。問題なんてあるはずがない。子どもを母親のところに連れて行って、なにが悪い。海花だって唯花に会いたいに決まっている。

「わかりました。……保育園にはわたしが連絡しておきます。わたしは……部屋で待っていますので……」

『じゃあ、迎えに行くから』

通話が終わり、春花は待ち受け画面に戻るスマホをただ見つめる。駅構内の雑踏も、アナウンスも、どこか遠くの場所の出来事かのようにぼんやりとして現実味がない。

――終わり、なのかな……。

そんな想いだけが、春花の中でぐるぐる回る。

海翔はやはり海花がかわいいのだろうし、騙していた春花を赦せないだろう。

「当然だよね……」

涙をこらえ、その嗚咽感が通りすぎるまで、春花はその場を動けなかった。


乗ろうと思っていた電車を逃してしまい、結局二本分遅れて出社した。

遅れたと言っても出勤体制がフレックスなので特に問題はない。今日は早い時間のミーティングもないので助かった。

朝のことを考えないよう、とにかく仕事に打ちこんだ。こうしていると、海翔のことを考えないよう仕事に心血を注いだ入社当時を思いだす。

また、あのころと同じ日々を繰り返すのかもしれない……。

……それもいい。あのころ心の痛みを緩和してくれた仕事だ。今回失うのは二人だから二倍の時間がかかってしまうかもしれないけれど、それも仕方がないだろう。

二人……。唯花も合わせれば、三人だ――。

「あー、忙しい忙しいっ」

春花がアパートへ戻ったのは十五時過ぎだった。これから急いで持ち帰りぶんを仕上げて室長にデータを送れば、安心して出かけられる。

今朝は冷や汗をかいてしまった。出かける用意をする前にシャワーも浴びておきたい。なるべくよけいなことは考えないように淡々と思考を回し、ソファの横に鞄《かばん》を置く。炭酸水でも飲んで気合いを入れようとキッチンへ足を向けたとき……。

「痛っ！」

足の裏に激痛が走り、驚いて片足を上げる。

顔全体で〝痛い〟を表したまま、ゆっくりとその場に膝をついた。足の裏はまだ痛い。なにか小さなものを踏んだようだったが、針などの類ではなかった。

「え？」

戸惑う声が出た。そこに転がっていたのは四角い小さなブロックだ。長辺三センチ短辺二センチ程度の小さなもの。ブロック同士をはめるための出っ張りはあるが、これを踏んだからといってそんなに痛いものだろうか。

ブロックを拾い上げると、幼いころの記憶が頭をよぎる。――ブロックで遊んでいるうちに違うことを始めた春花に、母は、片づけてから違うオモチャを出しなさいと言った。

『ブロック、踏むと痛いんだから。春花や唯花が踏んだら泣いちゃうよ』

そう言って、苦笑いをしながら足の裏をさすっていた母。

思えばシッカリ片づけた記憶はないが、踏んだ覚えはない。おそらく幼い姉妹が踏んだら大変だと、母がひとつも残さないよう片づけてくれていたに違いない。

「……こんなに痛いんだね……お母さん……」

独り言で母に話しかけ、春花はその場に腰を下ろす。まだ踏んだところが痛い。ジンジンして熱を持っている。

「昨夜片づけたの……海翔さんだ。駄目だなぁ、海翔さん、片づけ忘れてますよ」

せっかく考えないようにしていたのに。春花の足の痛みが海翔を思い起こさせ、胸までも痛くする。

「海花が踏んだら、大変……」

海花が踏む可能性があると思えば、海翔はきっと、ひとつも取りこぼしがないよう目を光らせるだろう。どんなにたくさんブロックがあっても、危なくないように配慮をするに違いない。

手の中にある小さなブロックを見つめているうちに、無理をして保っていた心が崩れていくのを感じる。

「このブロックは……わたしがもらっちゃっていいかなぁ……」

きっと海花は、新しいブロックを買ってもらえる。お城が作れるくらい、たくさん。そ

れを、三人で作って笑い合うのだろう。

海花と、海翔と……唯花が。

「あは……」

急に笑いが漏れた。胸が圧し潰されそう。胸骨をぐちゃぐちゃに砕かれて、心まで破裂しそう。

――好きな人と幸せになりたいと思わないの？

「……思うよっ！　海翔さんが愛してくれるなら、海花を自分の子どもにしてもいいってズルいことだって考えた……！　好きな人と……ずっと忘れられなかった人と、幸せになりたくないわけがないのに……！」

――でも、そのチャンスを潰したのは、迷ってばかりの自分の弱い気持ちだ……。

朝からずっと流すことができなかった涙がとめどなく頬を伝い、本心を吐き出すことができた口からは、やっと素直な言葉が飛び出す。

春花は大切なものを落としてしまった子どものように、わんわんと泣き声をあげた。

ひとしきり泣いてシャワーを浴び、着替えてメイクをしているころには、覚悟が固まっていた。

どんなつらい現実が待っていようと、ちゃんと受け止めよう。

許してはもらえないかもしれないけれど、心から海翔に謝ろう。

話し合いはきっと真剣なものになる。春花は気持ちを引き締めるためにも出社するときよりも気合いを入れ、スーツ姿で海翔を待った。

しかし、夕方、迎えにきた海翔は春花のスタイルを見て駄目出しをしたのだ。

「なんだ？　その裁判でも傍聴しに行くような服装は。せめてもう少しラフな感じにしよう」

彼は寝室に入るとクローゼットを開ける。なにかを考えこみ、今まで休日に一緒に出かけた際に着ていた服、何月何日に着ていたカットソーやら何月何日に穿いていたスカートやらを指定してきたのである。

日付で言われても春花にはピンとこない。どんな雰囲気の物かを聞いてやっとわかったのだが……。

「……本当に、これでいいんですか？」

「最高っ」

海翔は親指を立ててＯＫを出す。春花は笑っていいやら困っていいやら……。

キャミソールに重ねた大きめメッシュのカットソー。二段フリルのティアードスカート。どう考えても……真剣な話し合いをしに行く服装ではないような気がする。

しかし海翔の服装も人のことは言えない。普段は三つ揃えのスーツを着こなし、休日の普段着でも大人の気品を忘れない人なのだが……。

ヴィンテージ風の総柄シャツにブラックジーンズ。——彼のそんなファッションは初めて見る。

それでも品質がいいせいか、海翔が着ると品よく見えてしまう。

「あの……本当にこれでいいんですか？」

もう一度同じ質問をする。それだけ不安で堪らない。その問いに、海翔は両手の親指を立てて応えた。

「もう一度言うけど、最高」

いまいち納得できないものの、春花はマンションを出て海翔の車に乗りこむ。出発してしばらく沈黙が続き、場の重さに耐えきれず口火を切った。

「これからどこへ……」

「行けばわかる」

ひと言で会話は終わった。聞かないほうがいいのだろうか。どこに行くかくらい教えてくれてもいいようなものだが。

海翔はどことなく急いでいる雰囲気がある。話しかけないほうがいいのかと感じて、春花は一番言わなくてはならない「すみませんでした」という言葉だけ口にして黙った。

真実を告げられなかったことを謝ったつもりだが、この流れでは話しかけたことを謝ったとしか思えない。

つくづく自分のタイミングの悪さにひたいを押さえ、春花は黙って到着を待った。

そして車は、予想もしなかった場所に到着したのである。

――ライブハウスだ。

それも〝ラ・ＬＯＶＥ〟のライブ会場だった。

「あー、来た来たー、こっちですよー」

たくさんの人でにぎわう出入口付近に立っていた一人の男性が、海翔と春花を見つけて走り寄ってくる。

歳のころは海翔と同じくらいだろうか。黒い細身の長Tにジーンズ。腰のチェーンや革のネックレス。夜なのにサングラスをかけていて、大学生くらいにも見える。

「受付してあります。はいこれ、ドリンクチケットです。中のカウンターで好きなドリンクと交換できますから。もうすぐ始まりますよ。ＣＥＯ……京極さんが遅いから焦りました」

男性はてきぱきと話をしながら海翔にチケットを渡す。春花に顔を向けて会釈をするので、戸惑いつつも会釈し返した。

「ありがとう。手間をかけさせてすまない。なにせ初めてだから。それにしても、すごい格好だな。いつもそんな感じなのか?」

「はいー、今日はおとなしいほうですよ。……メンバーがちょっと炎上中で、なんか説明があるだろうって、みんな落ち着かない感じなんで。だから服装も、こう、厳粛に」

「厳粛を辞書で引いてこい」

呆れ声の海翔に革ネックレスを引っ張られた男性が「馬じゃないんですからっ」と反抗する。話の流れから、海翔がライブに詳しい知人に案内を頼んだのだとわかる。春花は思いきって声をかけた。

「あ、あのっ、ららぶのファンの方なんですよね」

男性は一瞬、キョトンとした顔をする。……サングラスでハッキリとはわからないが、そうしたように感じた。

ライブに来ているのだからファンに決まっている。我ながらとぼけたことを聞いてしまった。

「はいー、もうっ、大っファンですよー」

春花の後悔などなんのその。男性は満面の笑みで答える。……サングラスでハッキリとはわからないが、以下略。

「ららぶの行くところ、どこまでだって追いかけます。一日に二ヶ所でライブがあろうと三ヶ所でライブがあろうと、必ず参加します。近隣の県だろうと遠方だろうと関係ありません。ラジオ収録だろうと動画撮影だろうとコラボイベントだろうと、仕事と時間が許す限り追いかけ続けますっ」

「は……はぁ」

すごい熱量だ……。

「……そこまで熱心だとは……」

海翔も目を見開いて驚きを表現している。ここまで驚くということは、この男性は普段ここまでアイドル愛を語る人ではないのだろう。

活き活きと語っていた男性だったが、ハッとして腕時計に目をやった。

「あああっ、もう始まりますよ。京極さんも彼女さんも早く入りましょうっ」

ライブが始まる時間らしい。男性が走りだすと、海翔も春花の手を取ってあとに続いた。

いきなり手を繋がれたのもそうだが、なぜライブ会場に連れてこられたのかも謎だ。連れて行きたい場所というのはここだったのだろうか。しかし海花はいない。唯花のところと言っていたが、本人はこれからライブではないのか。

「海翔さん、待って」

引っ張られていた手を逆に引っ張り海翔を引きとめる。会場に入ったところで二人が立ち止まったことに気づいた男性が振り返るが、海翔が「先に行け」とでも言うように顔を動かしたので、彼は人混みを掻き分けて消えていった。

後方の壁に寄り、春花は改めて海翔を見る。

「どうして……ライブハウスなんですか？　話し合いに唯花も必要なのはわかりますけど、それならライブが終わったあとでも……」

「話し合い？」

「はい……。海花のことで……、だから今日三人で会って……」

「話したいことがあるとは言ったけど、話し合いをしようと言った覚えはないな」

そうだったかもしれない。けれど、海花のことが海翔に知られて、唯花と彼のあいだになにかあったのなら、当然話し合いの場が持たれるのではないか。

不安な表情をする春花を、海翔はおだやかに見つめる。

「俺に、海花ちゃんのことを教えてくれたのは唯花さんだ。二人で病院に行った翌日、会社に訪ねてきた」

春花と電話で話をした翌日に、唯花は海翔に会いに行って真実を話したのだ。海花の父親になってほしいと言ったのだろうか。だから、海翔は唯花と……。

「泣いていた。子どもみたいに泣いて俺に相談したんだ。『あたしのせいでお姉ちゃんが幸せになれない』って」

「え!?」

予想外の話を聞いて、春花は目を見開く。今まであった不穏な考えが、きゅうっと小さくしぼみだした。

「唯花さんがアイドル活動をしているから、春花は唯花さんの秘密を守らなくちゃならない。そのために海花ちゃんと暮らしているのに、俺が自分の子どもだと誤解をしたから、春花は本当のことが言えなくて困ったよな」

「それは……そう、です」

春花の視線はうろたえながら下がっていく。あれだけ悩んでいたことを言いあてられて、なんだか恥ずかしくなってきた。

「でも、海花ちゃんが自分の子どもじゃなかったからって、俺は春花を捨てたりしない。俺にとって、春花はなによりも大切で一番なんだ。たとえ子どもがいなくたって俺は春花にプロポーズをしていた。それはわかってくれ」

「……はい、すみません」

本当に恥ずかしくて耳まで熱くなってきた。海翔の顔も見られなくなってしまったとき、「らりるれろ！」と元気な女の子たちの声がして、会場がぶわっと盛り上がる。

思わず顔を上げてしまった春花の背中をポンッと叩き、海翔がステージを見やった。

「今夜のライブは一世一代の晴れ舞台だ。春花が見てやらなくてどうする」

「晴れ舞台？」

唯花がステージに立つのは初めてではない。意味がよくわからないまま春花もステージに目を向けた。

ステージにはいくつものライトが飛び交っている。これかららぶのメンバーが出てきて会場をさらに盛り上げるのだろう。

しかしそれらのライトが一点に集まり、そこに唯花の姿が浮かび上がったとき会場は水を打ったように静かになった。

音楽もなにもないステージに、「りん」が立っている。背後にはライトから外れるように四人のメンバーが横並びになっていた。

これは曲のフォーメーションでもなんでもない。唯花だけがマイクを持ち、会場を真っ直ぐに見ている。他の四人は足元にマイクを置いていた。

『みんな、来てくれてありがとう。今日は朝から騒がせちゃってごめんなさい』

唯花が一人で喋りだす。誰も物音をたてない。今朝からの炎上を、ファンならば知っているだろう。案内してくれた男性も言っていたが、みんな、「りん」が説明してくれるのを待っていたのだ。

『でも、ひとつだけ信じてほしいのは、一緒に写っていた男の人は恋人でもなんでもないです。あの人は姉の婚約者で、あたしは姉のことを相談していただけ。バックにいかがわしい建物があったけど、あれは合成だと思う。だって、お話をしたのは昼間だし、タクシーはオフィスビルの前から乗ったから。……信じてもらえるか……わからないけど。……

信じてほしい』

弱々しい言葉に、あちこちから「信じるよ！」と声が飛ぶ。唯花はホッとしたように笑みを浮かべ、会場内を見まわしながらうんうんと首を縦に振っている。

ステージに目をやったまま、海翔が春花の耳元に顔を寄せる。

「唯花さんが話をしにきたときのものだ。暗さと背景を加工すれば、ああいった画像はいくらでも作れる」

「……海翔さんも、ＳＮＳの投稿は見たんですよね？」

「見た。上手く俺の顔を隠してくれていて助かったよ。いくら誤解でも、その場で秘書に刺されかねない」

「秘書……、ああ、そう言えばファンなんでしたっけ」

「さっき会っただろう」

「え……」

驚きの声が大きく出そうになって、とっさに両手で口をふさぐ。この静けさの中で大声は目立つ。

（さっき？　さっきって……あのサングラスの人!?）

普段の姿は知らないが、海翔が驚いていたくらいなので、かなりオンとオフの差が大きい人物なのだろう。人は見かけによらないとは、きっとこういうことに違いない。

「で、でも、『京極さん』って呼んでたから、お友だちかと……」

「こんな場所で『CEO』って呼ばれても困るから、苗字で呼べって言ってあった」

そう言えば、一度「CEO」と呼んで、呼び直していた覚えがある……。

『それと今日は、もうひとつ、みんなに謝らなきゃならないことがあります』

少し間を置いて唯花の言葉は続く。唯花はステージの裾に顔を向け手招きをすると、軽くかがんで両手を広げた。

「えっ⁉」

手で押さえる間もなく驚きの声が出てしまったが、あちこちで同じような声が上がっている。ステージの裾から、小さな女の子が走ってきたのだ。

唯花が女の子を抱き上げ、マイクを握り直す。

女の子は――海花だ。

『あたしの、娘です。もう少ししたら三歳になります』

会場内が驚きに包まれた。びっくりする声であふれ返り、耳が痛いくらい。ステージにどの程度響いて聞こえるのかはわからないが、こんな大きな音がしたら海花が怖がるのではないか。

春花は心配になってステージを凝視するが、海花は黙って唯花に抱っこされている。唯花が笑いかけてくれるので、嬉しそうに小さな手で母親の頬をぺしぺししていた。

メンバーも唯花が子持ちなのは知らない。背後に立っていた四人も唯花に近寄り、笑顔で海花を見ている。

「海花……大丈夫なのかな。音が大きいから……」

「大きな音に驚かないよう、海花ちゃんにはあらかじめ耳栓を入れている。ちなみに、春花の会社の製品だ」

再び海翔が顔を寄せて説明してくれる。耳栓をしているのなら安心だ。プールに入るときにも用いるので、海花もいやがりはしなかっただろう。

それにしても、海翔もそこまで義理堅くなくてもいいような気がする……。

『黙っていて、ううん、騙していてごめんなさい』

唯花が再び声を張り上げると会場内に静けさが戻った。みんな、「りん」の話が聞きたいのだ。

『この子は、わけあってあたしが一人で産んだ子です。この子を育てていくためにも頑張ってこの仕事をやってみようって思ったのはいいけど、当然子持ちじゃできない。だから家族が協力してくれました。特に姉は、この子と一緒に暮らして、あたしよりも母親らしくかわいがってくれた。でも……！』

トーンの上がった唯花の声が、泣きそうに震えたのがわかる。彼女は大きく息を吸って思いの丈を言葉にした。

『姉には婚約者が、大好きな人がいます。この子と一緒に暮らしていたら、大好きな人のところへ行けないんです。そんなのいやだ、お姉ちゃんには、幸せになってもらいたい。小さなころから、天邪鬼なあたしを守ってくれて庇ってくれて、あたしにはもったいない姉なんです。お姉ちゃんの幸せを奪いたくない。そしてあたしも、娘と一緒に暮らしたい。一緒にご飯食べて、遊んで、お風呂に入って一緒のお蒲団で寝たい。この子と一緒にいたいんです。だから……だから、あたしは、――ららぶを抜けます！』

話している途中で、今まで我慢していたものが抑えきれなくなったのだろう。感情がダダ漏れになり、唯花は泣き声になる。

彼女の抑えきれない気持ちがファンに伝わったのか、大変な宣言が最後にされたというのに騒ぎだす者はいなかった。

『自分勝手でごめんなさい。ママに戻らせてください。メンバーのみんなも、迷惑かけてごめんなさい……』

左右に寄り添うメンバーを見ながら謝り、唯花はマイクを持った手の甲で目元を拭う。

「いいんだよ」「りんちゃん、泣かないで」「大変だったね」「頑張ったね」メンバーの声がマイク越しに聞こえてくる。

唯花が投げやりになったりメンバーといざこざがあったりで怪我をしたときは、上手くいっていないのかと心配になった。今見る限りは仲が悪そうではない。

『……お姉ちゃん、ごめんね。いつも本当にありがとう。……大好きだよ……』

唯花に春花が見えているのかはわからない。ボロボロ泣いているし見つけられないだろう。けれど、唯花は確かに春花を見て言ってくれたような気がした。

「ゆいかぁ……」

鼻の奥がツンとしたあと熱くなって、涙で視界がぼやけていく。海翔がハンカチで目元を押さえてくれた。

「こんなところで大泣きしたら、メイクがボロボロだ。アイドルほど強力なの使ってないだろう?」

「本当ですね」

春花はクスッと笑ってハンカチを受け取る。唯花のほうが大泣きしているのに、目元もメイクが落ちた気配を感じない。

……なにを使っているのだろうと、改めて気になった。

『みんな、これからも、ららぶをよろしくね！　三人になっても、追加メンバーが入っても、ららぶのままだから、ずっとずっと愛してね！　あっ、三人っていうのはね、あたしと一緒にらんちゃんも抜けるから！　らんちゃんはね、初恋の幼なじみと結婚するんだ！ファンとデキちゃったなんて大嘘だからね！　らんちゃんのは純愛！　超羨ましいよ！みんな、おめでとうは⁉』

ついでのように大暴露。会場からは祝福の大コールが起こり、唯花の横にいた女の子が「りんちゃん、ありがとう！」と跳びはねながら抱きついた。

どこからか男性の野太い咆哮《ほうこう》が聞こえる。何事かと思った次の瞬間、会場が一体となってコールしはじめた。

リズムよく出される単語、ひと言も違わず会場中がシンクロする。

野太い声は応援団の挨拶のようでもあり、なにを言っているのかはよくわからないが熱量はすごい。

「あっ、ＭＩＸだ」

やっと思いついて口にすると、海翔が困惑した顔を寄せてくる。こんな表情も珍しい。

春花はぷっと噴き出してしまった。

「ＭＩＸっていう掛け声ですよ。普段は曲の間奏とかに入るんです」

「どうして今？」

「これって、ファンが最高に盛り上がって一体化したときにするものだから、まぁ、魂の叫び……らしいんですよ」

「つまりは、それだけ今、ファンは感動してるってわけか」

「そうですね」

春花はステージの唯花を見つめる。海花の小さな手で涙を拭かれて嬉しそうに笑う唯花は、とても嬉しそうで幸せそうで……。

ひらひらのステージ衣装にアイドルメイクなのに、その顔は間違いなく母親のものだった。


ライブ前の前置きも長かったが、ほとんどMCで構成されてしまったライブは数曲を歌っていつもより早めに終了した。

その理由はなんと……。

『早く帰って、娘とお風呂に入って一緒に寝たいんです。終わってもいい？』

と、唯花が笑顔でお願いしたのだ。初っ端から濃い話を聞かされ胸熱展開だったファンはもうそれだけで大満足だったらしく、りんちゃんと娘ちゃんお休みコール……らしきものに送られて終了となった。

このあとは大切な物販があるのだが、もちろん唯花は欠席である。「りん」のブースは事務所のスタッフが担当した。

「お姉ちゃん、京極さん、今日は、本当にありがとう」

いち早く着替えた唯花は、ウトウトしはじめた海花をシッカリと抱っこしながら二人に礼を言った。

自分の気持ちをすべて口にしてスッキリしたからなのか、それとも愛娘が腕の中にいる安心感からなのか、唯花はとてもおだやかな顔をしている。

こんな落ち着いた優しい顔ができる子だったろうかと、春花がくすぐったくなったほどだ。

控室には海翔と春花、唯花と海花、そして桂木の五人だけだ。着替え終わるころに桂木が控室に呼んでくれたのである。

春花の顔を見てまたもや泣いてしまった唯花は、何度も春花に謝った。

その中でも「海花をあげる」と言ったことを一番悔いていた。

唯花だって、シングルマザーであることに悩みを持っていないわけではない。なんとかなる精神であっけらかんとしているように見えて、海花に関しては将来を案じて悩むこともたびたびなのだ。

海翔が海花を気に入ってくれていると知って、考えてはいけないことが頭をよぎった。優しくて経済的に恵まれている人の子どもになったほうが、将来的にも海花は幸せなのではないか……と。

「もうそんなこと絶対に考えない。海花はあたしの宝物だもん」

唯花に抱きしめられ、海花は嬉しそうに擦り寄っている。母親が甘やかしてくれているのだ。嬉しくないわけがない。

もうひとつ、こっそりと謝ってくれたのは、いかにも海翔に興味がある素振りをしたこと。

「お姉ちゃんが焼きもち焼けば、とられちゃいけないって、もう少し必死になるんじゃないかって……。馬鹿なことしたなって思うけど、ほんと、あたし馬鹿だから、こんなことしか思いつかなくて……」

ちなみに、海翔とのツーショットをいかにもそれらしく加工して拡散したのは、唯花と親しいインフルエンサーらしい。春花に見せつけて発破をかけるため。そして、ららぶを脱退するきっかけに使うために頼んだそうだ。

唯花は春花を想ってやったのだ。責められるわけがない。かえって、そんなに考えてくれてありがとうである。

「りんちゃん、車の用意できたよ。裏口にピッタリ停めてあるから」

控室にノックの音がして、事務所のスタッフが顔を出す。今日のこともあるので、ファンの待ち伏せに遭わないよう唯花は海花とともに事務所の車で帰宅する。

行き先は実家だ。母は予定外のお泊まりに喜び、二人が好きなアイスを買っておくと張りきっていた。

残念ながら到着したころ海花は寝ているだろう。それを母に言ったところ……。

『全然残念じゃないよ。だって、唯花が来るんでしょ？　娘が来るのに楽しみじゃないわけがないじゃない』

……母は、こういう人だ。

いつでも、なにがあっても、春花と唯花を一番にして大切にしてくれた。

この母の娘なのだから、唯花だって大丈夫だ。単純と笑われるかもしれないが、そう信じずにはいられない。

「それじゃあ、行くね」

大きなショルダーバッグを肩に、腕にはシッカリと海花を抱いて海翔と春花に手を振った唯花は、最後に桂木の前に立った。

「桂木さん、今日はありがとうございました。いろいろ……打ち合わせにない勝手なこと言っちゃって、ごめんなさい」

「お疲れ様。大丈夫だよ。いずれはこういうことになるだろうなとは思っていた。海花ちゃんと引き離して仕事をさせていたのは僕だから。むしろ、僕のほうが謝らなくちゃいけない」

「そんなことないです。桂木さんはあたしのことを心配してこの仕事をさせてくれたんだし……」

唯花はなにかを思い返しているかのように遠くを見る。声のトーンが落ちたとき、一瞬だけ泣きそうな顔をした。

眉尻を下げた桂木が、困ったように微笑む。唯花の肩にポンッと手を置き、いつも唯花を宥めるマネージャーの声になった。

「これからのことは、明日にでも相談しましょう。なんにしろ『辞めます』『はいわかりました』では終われないんですよ。なにごとにも、後片づけというものがありますからね」

「はいっ」

唯花は明るい声を出す。その声に反応したのか、眠っていると思われた海花がもぞもぞ動いた。

「ゆいママ……かえりゅ？」

「うん、帰るよ。ママのお家。ゆいママも一緒に帰るよ」

海花は顔を上げてキョロキョロと周囲を見る。海翔と春花を見つけ、眠たさいっぱいの顔でにこぉっと笑った。

「ばいばい、はるママ」

「ばいばい、いっぱい寝るんだよ」

「ばいばい、かいちゃん」

「……ばいばい、……」

海翔はなにか言おうとするが、言葉が続かない。「またね」と言いたいところだが、こうなってしまってはそれを言うのもはばかられる。

つい数日前まで、自分の娘だと信じていたのだ。あれだけかわいがっていたのだから、違うとわかったからといって、いきなり他人扱いできるものでもないだろう。

しかし海花は無邪気に言葉を続けた。

「また、ぶろっくつくってね。こんどはおしろね」

「お城か。頑張るよ」

海翔が声を張る。この歳にして、海花、ナイスフォローである。

二人が控室を出ていくと、今度は桂木が深々と頭を下げた。

「いろいろとお騒がせいたしました。こういった結果にはなりましたが、唯花さんには、このほうがいいと、僕も思います」

「こちらこそ、桂木さんにはお世話になってばかりで。……唯花も、桂木さんの言うことは素直に聞くので、いいマネジメントをしていただけているんだなと感謝しています」

上げかけていた桂木の頭が止まる。複雑そうな表情が見えたような気がしてどうしたのかと思ったが、その頭は再び下がった。

「そう言っていただけると、嬉しいです。ありがとうございます」

「唯花は……これからどうなるんでしょう。事務所を辞めることになるんでしょうか？」

それが新たな心配の種だった。アイドルを辞めて事務所を離れれば、唯花は無職になってしまう。せっかく心機一転母娘で頑張ると意気ごんでいるのに、スタートが無職ではっらい。

桂木は頭を上げ、笑顔を見せた。

「それはこれから唯花さんとも相談しますが……。僕としては、アイドルを辞めても事務所には残ってほしいと思っています。今回、ららぶはらんとりんの二人が抜けることになります。らんはおそらく婚約者と故郷へ帰るので無理ですが、唯花さんにはアイドルやモデルたちのフォロースタッフをお願いしたいと考えているんです。彼女は機転が利くので、裏方でも充分やっていけると思います。……ファンと禁断の恋、なんて憶測を流されて悩んでいたらんを『こんなことで負けちゃ駄目だ』と励まして、ネットの中傷がひどくて自暴自棄になっていたらんを慰めて、揉めたはずみで怪我をさせられても彼女を元気づけることをやめなかった。最後にはライブの場で真相暴露で大団円。見事でした。ステージの裾で拍手喝采しましたよ」

安心することが一気に増えた。唯花が職を失わなくて済みそうなことと、怪我もあってメンバーと仲が悪いのかと心配していたが、そんなことはまったくなかったこと。むしろ唯花は春花の想像以上に成長をしている。

「ありがとうございます。安心しました」

「唯花さんがもういやだって言うまで、うちの事務所にいてくれたらと思います。ずっと……面倒見させてもらえればって」

いつも思っていたが、なんていい人なのだろう。こんな人のそばで働いていられるなら、唯花のことは心配いらない気がする。

「面倒を見る。それは、従兄の方との約束だからですか？」

海翔の言葉に、桂木は半分笑顔のまま固まった。その笑顔が、寂しげに変わる。

「ご存じ……でしたか」

「海花ちゃんのことを調べたとき。父親の情報から、……貴方のことがわかりました」

「そうですか。いずれは、お姉さんにも知られるかもしれないとは思っていましたが……」

男性二人で深刻な顔をしている。一人春花だけが蚊帳《かや》の外だ。しかし海翔が言った「父親の情報から」という言葉が気になる。

春花が不安そうな顔で海翔を見ると、彼は衝撃的なひと言を口にした。

「桂木さんは、海花ちゃんの父親と従兄弟同士なんだ」

「従兄弟……？」

「海花ちゃんの父親は、海上自衛隊に所属していた。海上事故の任務中に亡くなっている」

驚きで心臓が停まってしまいそうだ。春花は目を見開いて海翔を見つめる。いきなり頭に入ってきたショックな情報を否定してほしかったのかもしれない。

海翔はそんな春花を見つめるばかりで欲しい言葉をくれない。春花は桂木に顔を向けた。

「……唯花は……、そのことは……」

「知っています。唯花さんに声をかけてスカウトした日、すべてを話しました」

「そんな前から……」

「彼の仕事の任務には、ときおり機密扱いになる出航があります。その出航の際には、任務内容はもちろん、いつ出航していつ帰港するということを誰にも告げてはいけないんです。彼はよく冗談のように言っていました。『もし俺がなにも言わず出航したまま帰ってこなくなるようなことがあれば、……唯花の面倒を見てやってくれ』って。……本当に、帰ってこなくなってしまった……。彼は、子どもができたことも知らないまま……」

唯花の妊娠を知らされたとき、相手と連絡は取れないのか聞いた。

『ある日突然予告もなく任務に就いちゃうみたいな。いつからいつまでどこで仕事をする、みたいなこと、家族にも言っちゃいけないの』

そんなことを真剣に言っていて、どこかのスパイじゃあるまいし……などと思ったものだが……。

それは本当だったのだ。

『相手は妊娠したこと知らないよ。連絡が取れないから』

『今度はいつ会えるかわからないし、もしかしたら会えないかもしれない』

ふざけて言っていたわけでも、はぐらかしていたわけでもない。唯花は最初から本当のことだけを春花に教えてくれていた。

海花の名前も、この名前をつけたかったと言っていた。父親が海に関係する仕事をしていたから、海、の一文字を入れたのだろう。

「学生のころから通っていたカフェに、すごくかわいい子が入ってきたって。彼は任務が許す限り毎日通っていました。そのうちつきあうようになったようで、嬉しそうでしたよ。聞けばまだ十代だって言うじゃないですか。その子が二十歳になったらプロポーズするって、張りきっていました。……プロポーズ、する前だったのかもしれません。従兄の遺品を片づけていたら、……指輪のカタログとか出てきて……」

桂木はそのときのことを思いだしたのかもしれない。言葉を詰まらせ、下を向いて少しのあいだ片手で口を押さえた。

妊娠したことを彼氏は知っているのかと聞いたとき、唯花は『今つきあっている人はいないよ』と答えている。唯花は相手がいつ戻るか不安でいっぱいだったに違いない。本人が不安になるくらいなのだから春花が心配しないわけがない。

唯花は、心配させないために『つきあっている人はいない』と言ったのだろう。

「……いてもたってもいられなくなって、僕もカフェに通いました。唯花さんと顔見知りになって、親しく話ができるようになるまで時間はかかりませんでした。これは決して、唯花さんが男性客に愛想がいいとかそういった意味ではありません。彼女はとても真面目に働いている人でしたから。のちに聞いたところ、僕の雰囲気が従兄に似ていたので話しやすかったと教えてくれました」

従兄弟同士なら、雰囲気が似ていても不思議ではない。

思えば唯花は、マネージャーとしての桂木の言うことをよく聞いていた。ちょっと納得である。

「従兄のことを話して、……スカウトしました。本当は、長く続けられるようにマネジメントの仕事を進めたんです。そのほうが、仕事や私生活で困ったときも助けてあげられると思って。ただ、唯花さんが、海花ちゃんを育てていくためにも若いうちにしかできないことで頑張りたいとやる気を見せてくれて。モデルをやってみて手ごたえがあったので、それならアイドル活動をしてみようかってことになったんです。彼女は積極的でした。……思えば、従兄のことを考えないようにするためにも、忙しい思いをしていたほうがいいと思ったのかもしれませんね」

話に耳を傾ける春花の目元に、ふいにティッシュがあてられた。さらに数枚ティッシュを引っ張り出した海翔がそこに重ねる。

「ハンカチぐちゃぐちゃだから、こっちで拭いて。でもメイク崩れてもいいか。帰るだけだし」

気がつけば春花はボロボロ涙をこぼして泣いていた。ライブで泣いたときに海翔のハンカチを借りてしまったので、ティッシュで代用されたようだ。

「よくない……です。メイク崩れたら……恥ずかしいじゃないですか……」

反論して、春花は重ねられたティッシュでまぶたを押さえ、涙を吸いこませる。

――好きな人がもう一度目の前に現れてくれたことが、どれだけ幸運なことかわかってる……？

唯花は、どんな気持ちであの言葉を出したのだろう……。

――どうしてその幸運を、ズルいことしてでも自分の手元に留めておこうと思わないの？

きっと必死だったのだ。春花の幸せを考えて、大好きな姉に、今度こそ幸せになってほしくて。

――好きな人と幸せになりたいと思わないの？

閉じこめた過去の思いと闘いながら、春花のために……。

「……ゆいか……」

海翔がくれたティッシュがびちゃびちゃになってしまっても、春花の涙は止まらない。

今になって、唯花の気持ちが痛いほど胸に突き刺さる。

「唯花に……謝らなくちゃ……」

春花の記憶の中で、小さな唯花が両手を大きく広げて笑っている。意地っ張りで強がりで天邪鬼で。でも、家族思いで思いやりのある妹。

彼女はいつも、その細い腕をいっぱいに広げて素直な気持ちを伝えてくれていたのだ。

――お姉ちゃん、大好き!

それは、今もなお変わっていない。


桂木に礼を言い、唯花のことを頼んで二人はライブハウスを出た。

あとは帰るだけと言っていたので、なんの疑いもなくマンションに向かうのだと思っていたのだが……。

春花は今、なぜか……ジェットバスの中にいる……。

それも目の前にはウォーターフロントの夜景。ライトアップされたレインボーブリッジや東京タワーが、他のビル群に負けじと煌《きら》めいている。

「あー、なんだかホッとするな……」

背後から海翔の長閑な声が聞こえる。

背後、というより、背中のすぐうしろだ。彼は膝に春花をのせて、ジェットバスの水流に癒やされながらすっかりくつろいでいる。

「この時期になればやっぱり夜の風はそれなりに冷たいけど、外で入る風呂はそれがいいところでもある。そうだ、冬になったら温泉に行こう。部屋に露天風呂がついているところがいいな」

海翔はウッキウキである。ライブハウスを出て、やってきたのは先日も来た高級ホテル。同じくスイートルームだが、今夜は広いテラスにジェットバスが設置されている部屋だった。

疲れたからまずは入浴しようと、さっさと服を脱がされてジェットバスに追いやられた。

……当然、海翔も一緒にである。

垣根で囲まれた広いテラスには、ジェットバスの他に木製のテーブルと椅子のセットまで置いてある。

テーブルの上にはクーラーに入れられたシャンパンとグラスが並び、お湯にはバラの花びらが浮かび、足元から照らされるオレンジ色のスポットライトがほどよく周囲を照らしムードを盛り上げていた。

海翔と一緒にお風呂に入るのは……初めてだ。

肌を重ねて裸を見られていても、一緒に入浴するのはなんとなく恥ずかしい。お湯の中で感じる背中やお尻にあたる彼の肌の感触が新鮮で、ドキドキする。

「二泊くらいしていこうか。春花と二人でゆっくりしたいし。スパもあるし、ラウンジで乾杯するのもいいな。あー、でもやっぱり、ずっと春花を抱いていたいっ」

うしろからぎゅっと抱きしめられる。彼が本当に楽しそうなのが照れくさくて、春花は肩に巻きつく海翔の腕を撫でながらぼそぼそと声を出した。

「あとは帰るだけって言ってたから、マンションに帰るんだと思ってましたよ」

「ライブハウスから帰っただろう」

「なんか微妙な言い回しですね。……わたし、泣いてぐちゃぐちゃな顔してるのに……フロントでちょっと恥ずかしかったです」

「大丈夫だ。春花はスッピンもかわいいから」

海翔が身体の前で両手を動かして湯面を弾く。そうすると春花の顔に向かってお湯が飛んできた。

「ちょっ、ちょっと、海翔さんっ。かかるってば」

春花も手でお湯をすくって「えいっ」とうしろに飛ばすものの、海翔にはかからず横を素通りしていった。

悔しくて何回も飛ばしているうちに楽しくなってくる。いつの間にか海翔の膝から離れ、向かい合ってお湯のかけ合いをしていた。

「もーっ、子どもじゃないんですから、ムキにならないでくださいよ」

笑いながら出てしまった言葉に、春花はハッとする。今の海翔に〝子ども〟は禁句ではないだろうか。

　急に静かになってしまったのでおかしく思ったのか、海翔が膝でにじり寄ってくる。

「どうした？」

　顔を覗きこみながら、髪についた花びらを取ってくれた。

「……ごめんなさい。わたし、海花のこと、ちゃんと謝ってなくて……」

「いいんだ」

　海翔が春花を抱きしめ、そのままふわりと身体が動いて背中が壁につく。

「俺は、春花がこうして俺の腕の中に戻ってくれたことが嬉しい。それが一番だ」

「海翔さん……」

「それに……海花ちゃんに懐かれているのは、いいことだろう？　かわいい姪っ子だ。きっと、俺たちの子どももかわいがってくれる」

「お、俺たちの……って」

　ちょっとうろたえてしまう。しかし春花を抱きしめて嬉しそうに髪を撫でる海翔を感じていると、それもそうかなと思えてくる。

　いつか、二人のあいだにも子どもができるかもしれない。男の子か女の子かはわからないし神のみぞ知るだが、海花はきっと喜んでかわいがってくれるだろう。

「春花」

海翔が顔を近づけ、唇が重なる。すぐに離れて唇の表面をペロッと舐められた。

「――結婚しよう」

そして、改めて囁かれるプロポーズの言葉が、甘く耳朶を打つ。

「春花と一緒にいたい。結婚して、家族になりたい。こんな素敵な女性に育ててくれたお母さんと、思いやりのある妹と、甘え上手な姪っ子と、親族になりたい。春花と二人で……新しい命を、育てたい」

海翔と再会して結婚という言葉を何回聞いたかわからないのに、今は耳に入るこの言葉が、こんなにも愛おしくて胸を熱くする。

「はい……」

春花が返事をすると、海翔は春花を見つめ嬉しそうに微笑む。

「わたしも、海翔さんと一緒にいたいです。もう……離れたくない」

言った瞬間に抱きしめられる。すぐに唇が重なり、喜びを表すような激しいくちづけに襲われた。

すぐに胸のふくらみと太腿に手が伸びてくる。身悶《みもだ》えしても背中が壁についてしまっているのでそれ以上移動できない。春花は海翔が乳房を摑みやすいよう膝立ちになった。

「ちょうどいい」

片方のふくらみを裾野から持ち上げられ頂に甘い刺激が走る。お湯の中で秘部を探る指は、緩慢に動きながら秘芽にアプローチを仕かける。

「あっ、ンッ……」

ピクンピクンと身体が反応する。いつもならばちょっとさわられたくらいで感じてしまうのが恥ずかしいのだが、ジェットバスの水流のおかげで細かい反応は気にならない。

そう思った矢先に、海翔が水流を止めてしまった。

「春花のかわいい反応を感じづらい」

「そんなのいい……」

「よくない」

乳首をきゅうっと甘噛みされ、腰が震える。思わず前かがみになりそうになって両手をバスタブの縁に置いた。

「海翔、さっ……」

あたたかい舌が硬くなった果実にまとわりつく。乳暈《にゅううん》をぐるぐると舐めまわし、先端に刺激が欲しくて春花が焦れると、やっと紅い果実を吸いたてる。

「あぁん、やぁ……！」

お湯の中の手は二本の指を使って陰核を挟み、縒《よ》り動かして快感を生み出す。ここを刺激されて我慢ができるはずもなく、春花は腰を回して悶えた。

「やぁあん……アッ、そこ……ンッ」

「春花の弱いトコ」

「ダメ、ああっ……ぁぁん」

蕩けるような熱い快感が広がっていく。お湯であたためられているせいもあるが、このまま本当に腰が蕩けてしまいそう。

身じろぎするたび、感じていることをごまかしようがないほどパシャパシャとお湯が揺れ動く。もう恥ずかしいと思う余裕もなくなってきた。

「ああっ……ダメ……ダメェっ……」

胸に舌を這わせる海翔の頭に抱きつき、前かがみになって腰を逃がす。彼の指が秘珠の表面を押し潰したとき小さな快感が弾けた。

「あぁん、やぁっ――――！」

余韻で腰が小刻みに揺れ、湯面にさざ波がたつ。いきなり乳首を強く吸われたことに驚き、海翔の頭を抱きしめてしまった。

「か、海翔さん……意地悪しないでください」

「してないよ。真っ赤になってかじってほしそうだったから」

「そういうこと言う～」

「春花がしてほしいことはわかる。ここも……」

お湯が大きく波打つ。海翔の指が秘裂の中で大きく動いた。媚肉《びにく》を掻かれるたびに潤いがお湯に溶けこんで流れていくのに、愛液はどんどん生み出されていた。

「もっともっと欲しそうだ」

「そんな……あっ、ぁあっ……！」

指が膣孔を広げてぐにぐにと秘洞へもぐりこんでいく。まるで一歩一歩進んでいくかのように、指を曲げては伸ばし、伸ばしては曲げ。指を深くまで挿しこんだところで止まり、ぐるぐると中を掻き混ぜる。

「あぁぁっ……やぁぁ……ンッ」

あたたかいお湯につかっているはずの下半身に冷たい電気が走り、春花は海翔に抱きついたまま背を反らす。膝が震えて腰が落ちそうだ。もどかしさで下半身がパンパンになっている気がする。

「ああっ！　ダメっ、海翔さっ……！」

「春花、俺が欲しい？」

「あぁんっ……」

「言って。俺はいつでも春花が欲しいよ。会えなかった期間も、ずっと……」

「海翔さん……ぁっ、あ、ンッ」

「ずっと、ずっと、春花が欲しかった」

「ひぁっ……ぁあっ」

中指を挿したまま親指が秘芽を弾く。もう腰が蕩けてしまいそう。いっそ蕩けてしまいたい。

「欲しい……です。海翔さんが……欲し……」

「嬉しいな……春花に、そう言ってもらえるなんて……」

「海翔、さん……お願い……もう……」

このもどかしさを晴らしてほしい。彼自身を感じたい。そんな欲望でいっぱいになる。お湯にたゆたう花びらのあわいからも、海翔の股間で雄々しく熱《いき》り勃つモノの存在が窺《うかが》えた。

しかし海翔は、ちょっと困ったように笑ったのだ。

「このまま春花を感じたいけど……、残念ながら肝心なものを持ちこんでいなかった。馬鹿だな、俺も。早く春花とくっつきたくて急《せ》きすぎた」

苦笑いをする海翔がつらそうに見えるのは気のせいだろうか。春花はチラリと湯の中に視線を落とす。

春花を欲する気持ちを包み隠さず示してくれる彼自身。好きな人に全身全霊求められていることが伝わってくる。胸どころか子宮まできゅんきゅん跳びはねて、腹部に力が入る。

「我慢……できません」

「春花？」

「今……海翔さんを感じたいです」

「いいの？」

今の確認は、ここで抱いてしまってもいいのかという意味だけではない。――避妊具を使わないけど、いいのかという確認だ。

春花は海翔から視線だけをそらし、恥ずかしそうにはにかむ。

「……赤ちゃん、できちゃってもいいかな。……海翔さんの子どもは、信じられないほどかわいいと思うし」

海翔が嬉しそうに微笑んだのがわかる。

指を抜かれ、あと一歩で愉悦の波に連れて行かれそうだった官能が焦れ上がった。

身体を反転され彼に背を向けると、バスタブの縁に両手をつかされる。バスタブは埋め込み式で、テラスの床と縁が同じ高さなのだ。

「春花は、本当にいつでも俺を夢中にさせて放さないな」

うしろからずぶずぶと熱い塊がめりこんでくる。今までで一番お腹の中が熱いと感じてしまうのは、やはりなにも纏うものがないからだろうか。

「あっ、ぁあっ……！　熱……ぃ、ぁっ！」

「春花のナカが熱いんだ。イきかかっているから、ひどく締めてくる……」

「だって……海翔さんが……意地悪するから……」

「春花が好きすぎて止まらないんだ。こんなに好きにさせて……春花が悪いんだからな」

「なんですかっ、それぇ……ぇえ、あぁぁんっ！」

人のせいにしながら、海翔は放埓《ほうらつ》に腰を振りたくる。熱く熟れた蜜窟をずっちゃずっちゃと穿ちまくった。

「ううんん、ダメっ、ダメェエっ……！」

全身を悶え動かしながら、春花は頭を左右に振る。濡れた髪が頬に貼りつき雫をたらす。顔を流れていくのが汗なのかお湯なのかわからない。

突きこまれるごとに揺れる乳房の先が床に擦れて、予定外の快感がプラスされる。徐々に肘が下がっていると頭では理解できるのに、身体を立て直すことができない。

それだけ、背後から抜き挿ししてくる灼熱《しゃくねつ》の塊から与えられる愉悦に、身体が夢中になっているのだ。

「あああっ！　ダメェ……また……またキちゃうから……ああっ！」

「違うだろ」

勢いよく剛直が引き抜かれ、その刺激でとうとう膝が崩れる。しかしお湯に沈む直前に腰を支えられ、床に仰向かされた。

バスタブに腰が落ちてしまいそうな位置で脚を海翔の両肩に担ぎ上げられる。戸惑う間もなく再び突きこんできた怒張は、遠慮会釈なく蜜壺を掻き荒らした。

「ああっ！　ぁあぁっ！　やぁン……キちゃ……うから、ぁはぁあ！」

「違うだろう、春花。イク、だろう」

「だって……だってぇ……、あっ、あ、ダメっ……！」

「でも、快感が襲いかかってくると思ったら、……それで正解かもな。俺も……襲われかけてるし……」

「かいとさぁん……！」

抽送が力強く激しくなる。濫りがわしい淫音をたてながら燃えるような熱棒に蜜路を擦りたてられ、快楽の塊が花火のように弾けた。

「ああ……好き……、好き、かいとさ……ぁんっ――！」

「はるかっ……！」

急激な浮遊感が襲ってくる。お腹の奥が海翔の甘い熱でいっぱいになって、蕩け落ちる感覚とともに深い陶酔感が襲ってくる。

「あっ……あぁぁ……」

今まで彼に抱かれた中で、初めて経験する愉悦だった。

全身が海翔に蕩かされて、その熱さに酩酊《めいてい》する。

「春花……」

春花の脚を下ろし、軽く覆いかぶさってきた海翔が、静かに唇を重ねる。

「愛してるよ……」

海翔の背後に見えるのは、満天の夜空。

春花を見つめるのは、最高に愛しい人。

「海翔さん……」

春花は目の前の幸せに手を伸ばす。シッカリと捕まえ、そして、引き寄せた。

エピローグ

ファンを揺るがせた衝撃の告白&大暴露から一ヶ月。

唯花は、というか、ららぶは、デビューしてから一番忙しかったようだ。

〝らん&りん・お別れライブ〟はもちろん、〝五人で最後のららぶパーティーライブ〟〝五人で（たぶん！）最後のららぶパーティーライブ〟〝五人で（おそらく！）最後のららぶパーティーライブ〟〝五人で（今度こそ本当！）最後のららぶパーティーライブ〟まで続いたらしい……。

なぜここまで長くなってしまったかと言えば、ファンが粘ったからだ。

ファンの大部分は、「りん」が子持ちのシングルマザーであったことに文句も不快感も訴えてはいない。例のライブは期間限定で動画配信されたが、コメント欄には好意的な言葉が寄せられていた。

〝あんなにかわいいのに、子持ちとか、罪だろ！〟

〝りんちゃん、やめないで〜〜〜〟
〝私もシングルマザーです。りんちゃんが頑張っている姿に励まされます〟
〝りんりん、あいしてるよ！！！！！〟

「りん」の脱退を阻止せんと、署名を集めようとしたファンもいたらしい。

しかし、「りん」は母親に戻りたいと必死に訴えたのだ。

その想いをわかってあげるのが真のファンではないのか。署名活動は、断腸の思いで取りやめになった。

唯花も、辞めないでほしいというファンの気持ちは嬉しかったようなのだが、やはり自分が決めたとおり脱退し、海花の母親に戻ったのだ。

忙しかったのは唯花ばかりではない。

春花も、仕事以外でやらなくてはならないことがたくさんあって、忙しい日が続いた。

メインはなんと言っても、海翔の両親への挨拶だ。

過去には別れる要因ともなっている。海翔は、両親は今は結婚に口出しをできないから、と言ってはいたが、たとえそうでもいやな顔をされてしまうのではないかと気が気ではなかったのだ。

京極の両親と顔を合わせ、春花が挨拶をする前に海翔が言ってくれた。

「俺は、春花以外の女性と結婚をする気はない。それは昔から変わらない。春花以外はいらない。もし俺から春花を引き離すなら、俺は仕事を捨てる」

……とんでもない宣言である。

両親も呆気に取られたようだった。

父親は「いくつになっても、おまえの考えていることはわからん」と笑い、母親は春花の手を取って「こんな、我が道しか行かない、をつきとおすような子ですけど、よろしくお願いしますね」と言ってくれたのである。

天宮家へ挨拶に行ったときも大変だった。

春花の実家なのだから大変なことはなにもないと気楽に行ったところ、海翔が海花に怒られたのだ。

「かいちゃん！　おしろは⁉」

ブロックでお城を作る約束は健在だった……。

海翔はお土産に持っていった新しいブロックを駆使して、小さいがお城を作り上げたのである。

集中したせいかすっかり気力を使い果たした海翔だったが、海花の「かいちゃん、ありがとぉ」で復活し、春花の「あとで膝枕してあげるね」で完全復活を遂げた。

そして当然、二人の結婚準備が始まった。

「３ＬＤＫ……４ＬＤＫのほうがいいか……。いやそれよりリビングが広いほうがいいな。三十畳くらい……」

友人知人から集めたというマンションのパンフレットを眺め、海翔の迷いは続く。最近は仕事が終わってから春花のマンションに来て、新居選びをするのが日課になっている。

「海翔さん、何回も言いますけど、二人で住むんですよ。そんな運動場みたいな広さはいらないでしょう？」

春花は笑いながらキッチンを出て海翔の前にコーヒーを置く。楕円形のテーブルに置かれたたくさんのパンフレットの中から一冊手に取り、パラパラと眺めては家賃の表示に眉を寄せた。

「いっそ家でも買うか……。犬が走りまわれるくらい広い庭がある家」

「広い、にこだわりますね」

「子どもって走りまわるのが好きだろう？」

「あ……」

やっとわかった。彼が新居に広さを求めるのは、将来を見据えてのことだったのだ。

（でも、気が早いよ……）

春花は照れくささ半分で自分のコーヒーカップに口をつける。将来を見据えて……とは言っても、まだ子どもができたわけではない。

それでも、二人で暮らす場所を真剣に考えている海翔を見るのは、なんだかすごく嬉しい。

「春花はどう思う？　このタワーマンションとか、新築だけど」

「ん～、そうですね～」

春花はカップを置いて海翔の横に寄り添う。

「……お風呂、広いほうがいいかな……」

「風呂？　まあ、広いほうがのんびり入れるか」

「海翔さんとも一緒に入れるし……」

ポツリと呟いて「なんちゃって」とつけ足すが、海翔は「なんちゃって」の部分を聴覚の外へ葬り去ったらしい。寄り添う春花を両腕で抱きしめたのである。

「ほんっとかわいいなっ、春花はっ！」

「きゃぁっ」

いきなりだったせいでバランスを崩す。春花はすっぽりと海翔の胸の中に収まってしまった。

「まだ子どもはいいかな……。春花と二人でいたい」

そんなことを幸せそうな声で言われてしまったら、春花だって幸せで堪らない。

海翔に抱きつき返し、まだまだ二人きりのこの時間を、謳歌《おうか》するのである。

「子どもは、そのうち、ね」

END

あとがき

タイトルだけを見て「シークレットベビーか!?」と思われた皆様、申し訳ございません。

でも、違う意味で「シークレットベビー」でしたよね。

ちっちゃい子を書くの、楽しかったです！


漫画やイラストの、デフォルメ絵、ちびキャラ、大好きなんですよ～。

単純に、かわいいからなんですけど。

そんな私は今作の挿絵一枚目で萌えのすべてを持っていかれました！

海花《みか》っ、むっちゃくちゃかわいくないですかっっ！

いや、もう、プロローグを書いていたときはですね、まだ二歳半の幼児にミニパルフェを丸々与えるなんて、と虫歯諸々を厳しく管理されているご家庭の方はご不快になるんじゃないかと心配だったのが本音なんですよ。

ですが、森原《もりはら》先生の挿絵を見せていただいた瞬間、どうでもよくなりました。

あんなかわいい顔で、お花飛ばして食べられた日には、海翔《かいと》じゃないけど「この店のメニュー全部持ってきて！」って叫びます。

というわけで、今作の推しサブキャラは海花ちゃんでした！


小さな子どもが出てくるお話を書く機会になかなかめぐり会えず、きっと私には求められていないんだな……と感じていた矢先に担当様がＯＫをくださいました。貴重な機会をありがとうございます。今回も大変お世話になりました！

森原八鹿《ようか》先生、大人っぽくて素敵なヒーローとかわいくて美人なヒロイン、そして激萌えした海花を、ありがとうございました！　挿絵の髪を結った海花も好きですが、キャララフでいただいた髪を下げた海花もむちゃくちゃかわいかったです！　目の感じが唯花《ゆいか》にそっくりで、ほっこりしました。

本作に関わってくださいました皆様、見守ってくれる家族や友人、そして、本書をお手に取ってくださりましたあなたに、心から感謝いたします。

ありがとうございました。またご縁がありますことを願って――――。


幸せな物語が、少しでも皆様の癒やしになれますように。

令和四年九月／玉紀《たまき》　直《なお》

Vanilla文庫Miel
ライバル社長と子作りします!?
玉紀直
Illust 黒田うらら
犬猿の仲なのに、
毎晩甘くトロトロにされて!?
「子どもが欲しいなら、俺が手伝ってやる」
意地を張って口にした一言のせいで、犬猿の仲の亘が子作り相手に!?
毎晩ぐずぐずになるまで甘く攻められて、快感も気持ちもいっぱいになっちゃってる♥　だけど恋人じゃない、子作りだけ。そんな関係に胸が痛んで…。そんな時、亘の会社とのコラボ商品企画が出て、ある決断を迫られて!?
オトメのためのイマドキ・ラブロマンス♥

貴方の子どもじゃありません！
～元カレCEOといきなり夫婦生活!?～　Vanilla《ヴァニラ》文庫 Miel《ミエル》

2022年11月20日　第1刷発行　　定価はカバーに表示してあります

著　者　玉紀 直　©NAO TAMAKI 2022
装　画　森原八鹿
発行人　鈴木幸辰
発行所　株式会社ハーパーコリンズ・ジャパン
東京都千代田区大手町1-5-1
電話 03-6269-2883（営業）
0570-008091（読者サービス係）
印刷・製本　中央精版印刷株式会社

Printed in Japan ©K.K.HarperCollins Japan 2022 ISBN978-4-596-75587-2